악마의 음악

경우 勁雨 현대 판타지 장편소설

OTHER VOICES

WISHBOOKS MODERN FANTASY STORY

악마의 음악 10

OTHER WORLDS

경우勁雨 현대 판타지 장편소설

초판 1쇄 찍은 날 | 2019년 7월 18일
초판 1쇄 펴낸 날 | 2019년 7월 25일

지은이 | 경우
펴낸이 | 예경원

기획 | 위시북스
편집책임 | 이규재
편집 | 위시북스

펴낸곳 | 예원북스
등록번호 | 제396-2012-000132호
등록일자 | 2012. 7. 25
KFN | 제1-445호

주소 | 경기도 고양시 일산동구 호수로 646-24 위너스21II빌딩 206A호 (우)10401
전화 | 031-819-9431 팩스 | 031-817-9432
E-mail | yewonbooks@naver.com

ISBN 979-11-6424-594-9 04810
      979-11-89564-46-9 (set)

악마의 음악

10

경우勍雨 현대 판타지 장편소설

OTHER VOICES

WISHBOOKS MODERN FANTASY STORY

Wish Books

CONTENTS

아무의 이름

OTHER VOICES

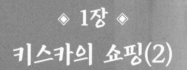

◈ 1장 ◈
키스카의 쇼핑(2)

건의 손에 이끌려 토끼 인형을 끌어안은 채 차에서 내린 키스카의 눈에 백화점 1층 정문이 보였다.

뭔가 익숙한 듯한 분위기에 고개를 갸웃거리던 키스카가 한쪽 발을 들어 바닥을 콩콩 찍었다.

건은 차에서 내리는 도중 손린에게 걸려온 전화를 받느라 병준이 키스카의 손을 잡고 백화점 입구로 이끌었다.

키스카가 고개를 두리번거리며 뭔가 익숙한 백화점 입구를 보았다.

백화점 입구에 있는 큰 나무 두 그루를 바라보던 키스카의 눈에 나무 허리에 나 있는 상처들이 들어왔다. 무언가 강한 충격에 패인 듯한 상처를 물끄러미 보던 키스카가 백화점 맞은

편 건물과 주위의 건물들을 보았다.

병준은 조금 떨어진 곳에서 통화를 하고 있는 건을 보다가 키스카를 내려다보며 말했다.

"케이가 통화하느라 바쁘네, 우리 먼저 들어가서 구경하고 있을까?"

병준이 키스카의 손을 잡고 끌었지만, 엉덩이를 뒤로 빼고 다리에 힘을 준 키스카가 끌려가지 않으려고 힘을 쓰는 것을 보고는 손에 힘을 풀었다.

"어? 왜 그래? 케이랑 같이 들어가고 싶어?"

키스카를 내려다보던 병준의 눈에 큰 눈망울에 눈물을 그렁그렁 매달고 무서워하는 키스카의 얼굴이 들어왔다.

"뭐야, 왜 그래?"

병준이 무릎을 굽혀 키스카의 눈높이로 눈을 맞추자 키스카가 공포에 젖은 눈으로 사방을 두리번거리는 것이 보였다.

눈에 고인 눈물을 닦아주며 병준이 물었다.

"키스카, 왜 그래? 무슨 일이야?"

키스카가 손을 마구 휘두르며 버둥거리자 옆구리를 붙잡은 병준이 외쳤다.

"왜 그래? 여기는 차 다니는 길이라 위험하단 말이야! 건아, 건아!"

건이 병준과 키스카를 보고는 급히 전화를 끊고 다가왔다.

한쪽 무릎을 꿇은 건이 키스카와 눈을 맞추었다. 키스카는 건의 얼굴이 보이자 조금 진정이 되는지 건의 목을 껴안았다.

　건이 키스카의 반응에 병준을 보며 말없이 물었다.

　"나도 몰라, 갑자기 이래."

　건이 키스카의 등을 어루만져 주며 다정한 목소리로 말했다.

　"키스카. 무슨 일 있었어? 나 여기 있잖아. 내가 지켜줄게."

　키스카가 더욱 건의 목에 매달리자 할 수 없이 키스카를 번쩍 들어 안은 건이 병준에게 말했다.

　"무슨 일이 있나 보네요. 쇼핑만 빨리하고 돌아가요."

　"알았어, 경호 인력들은 밖에서 대기하고, 두 명만 조금 떨어져서 경호할 거야. 나도 조금 떨어져 있을 테니 어서 살 거 사고 가자. 키스카 컨디션도 안 좋아 보이는데."

　"알았어요, 형. 키스카 가자."

　건이 앞으로 나서며 백화점 쪽으로 걸어 들어가자 병준의 눈에 건의 품에 안겨 있는 키스카의 공포에 찬 얼굴이 보였다.

　주위를 두리번거리며 문제가 없는지 확인한 병준이 옆에 대기하고 있던 조직원 두 명에게 눈짓한 후 건의 뒤를 따라갔다.

　건의 품에 안긴 채 사방을 두리번거리며 몸을 떨고 있는 키스카의 눈에 예전과는 너무도 달라져 버린 백화점의 전경이 들어왔다.

　매일 꿈에서 보던 폐허가 아닌 깨끗하고 좋은 냄새가 나는 밝은 분위기의 백화점에는 은은한 클래식 음악이 흘러나오고, 친절한 웃음을 짓고 있는 직원들은 눈이 마주칠 때마다 웃어주었다.

한참 몸을 떨던 키스카가 조금씩 진정되는 것을 느낀 건이 키스카를 바닥에 내려놓은 후 손을 내밀었다.

아직 조금씩 다리를 떨던 키스카가 토끼 인형을 꼭 쥐고 건을 올려다보았다. 매일 밤 꿈에 자신에게 손을 내밀어주던 건이 언제나 와 다름없이 웃음을 지으며 손을 내밀고 있었다.

"자, 가자 키스카!"

자기도 모르게 손을 내밀어 건의 손을 잡은 키스카가 천천히 보조를 맞추어 걸어주는 건의 옆에 섰다.

머뭇거리는 걸음으로 조금씩 걸음을 옮기던 키스카가 문득 4년 전 자신이 숨어서 엄마를 지켜보던 화장실 옆 매장을 보았다. 화장품 매장이 있던 자리는 사라지고 그곳에는 레고로 만든 큰 애니메이션 캐릭터가 전시되어 있었다.

아무것도 모르는 건이 키스카를 데리고 캐릭터 쪽으로 이끌며 말했다.

"키스카, 저쪽에 엄청 큰 레고가 있어. 구경할래?"

키스카가 정신없이 고개를 저으며 뒷걸음질을 치는 것을 본 건이 고개를 갸웃했다.

"응? 레고가 너무 커서 무서운 건가?"

건이 키스카가 물러나는 대로 손에 힘을 풀며 키스카가 이끄는 곳으로 향하자 자연스럽게 백화점 출구와 가까워졌다.

건이 키스카의 손에 이끌리며 소녀를 내려다보았다.

"왜 그래, 키스카? 쇼핑하기 싫어?"

정신없이 출구로 나가려던 키스카가 건을 올려다보았다.

걱정스러운 눈으로 자신을 내려다보던 건이 자신과 눈을 마주치자 따뜻한 웃음을 지어주는 것이 보였다.

잠시 자리에 서서 건을 올려다보던 키스카의 눈에 백화점 문을 열고 들어오는 미로슬라브가 들어왔다. 대머리에 문신을 새겼지만 언제나 자신을 돌보아주는 미로슬라브까지 보이자 조금 안심이 된 키스카가 작은 가슴을 들썩이며 숨을 몰아쉬었다.

건이 소녀를 내려다보다 다가오는 미로슬라브를 보며 반색했다.

"미로슬라브! 왔어요?"

뭔가 다급해 보이는 미로슬라브가 가까이 다가와 건에게 속삭였다.

"일단 나가시죠."

"예? 밖으로요? 방금 들어왔는데……."

"나가서 이야기합시다."

미로슬라브가 다짜고짜 건의 등을 밀자 할 수 없이 키스카의 손을 잡고 백화점을 나선 건이 문 앞에서 물었다.

"왜 그래요? 무슨 일 있어요?"

미로슬라브가 복잡한 눈빛으로 백화점 건물을 올려다보며 한숨을 쉬었다.

"여기가 나탈리에 님이 돌아가신 곳입니다."

건의 눈이 커졌다.

잠시 높은 백화점 건물을 올려다보며 놀란 눈빛을 짓던 건이 자신의 손을 잡고 다리를 후들거리고 있는 키스카를 내려다보았다.

미안해진 건이 한쪽 무릎을 꿇고 살펴보니, 눈물이 그렁그렁해진 키스카의 안쓰러운 얼굴을 하고 있었다.

"미, 미안해 키스카. 내, 내가 모르고……."

건의 눈에 눈물이 맺혔다. 너무 미안해진 건이 키스카에게 연신 사과를 했다.

"미, 미안해, 미안해, 키스카."

키스카가 사과를 하고 있는 건을 보며 조금씩 안정을 되찾아 갔다.

눈에서 금방이라도 눈물을 떨어뜨릴 만큼 큰 눈물방울을 매달고 있는 건을 보던 키스카가 조그마한 손을 들어 건의 눈물을 닦아주었다. 건이 울고 있다는 것만으로 걱정스러운 표정이 된 키스카가 건의 목을 살포시 안아주었다.

건이 소녀의 등을 어루만지며 연신 사과를 했다.

"미안해, 내가 몰랐어. 미안해."

키스카를 번쩍 안아 들고 눈을 마주친 건이 키스카의 표정이 조금씩 안정되는 것을 느끼고 물었다.

"미안해 키스카. 오늘은 그만 돌아가자."

건의 얼굴을 물끄러미 보고 있던 키스카가 고개를 저었다.

건은 소녀가 고개를 젓자 의문스러운 눈빛을 보냈다.

"응? 집에 가기 싫어? 어디 딴 데 갈까?"

키스카가 어깨에 메고 있던 하얀 가방에서 돈다발을 꺼내 들어 내밀었다.

건이 소녀가 내미는 돈을 보며 고개를 갸웃했다.

"응? 돈? 돈 왜?"

키스카가 맞은편에 있는 작은 쇼핑센터를 손가락으로 가리켰다.

건이 소녀가 가리키는 곳을 보다가 고개를 끄덕였다.

"아, 다른 곳 가자고?"

키스카가 고개를 끄덕이자 건이 알았다는 듯 소녀를 안고 횡단보도를 건너갔다.

허리에 손을 얹은 채 조용히 두 사람을 보고 있던 미로슬라브 곁으로 병준이 다가와 물었다.

"여기가 키스카의 엄마가 돌아가신 곳이었어요?"

미로슬라브가 한숨을 지으며 고개를 끄덕였다.

"제 실수입니다. 계속 옆에 있었어야 했는데⋯⋯."

병준이 아무 말 없이 길을 건너고 있는 두 사람의 뒷모습을 보고 있자 미로슬라브가 조직원들에게 손짓했다.

"따라붙어."

조직원 네 명이 재빨리 횡단보도를 건너고 있는 건과 키스카의 뒤로 따라붙자 한숨을 쉰 미로슬라브가 담배 하나를 꺼내 입에 물었다.

바지 주머니를 뒤져 라이터를 찾던 미로슬라브의 앞에 불이 켜진 라이터가 내밀어졌다.

고개를 들어 앞을 보니 마찬가지로 입에 담배를 문 병준이 불을 내밀며 싱긋 웃고 있는 것이 보였다. 병준이 내민 불에 담뱃불을 붙인 미로슬라브가 긴 연기를 내뿜었다.

아무 말 없이 담배를 태우며 맞은 편 쇼핑센터에 들어가는 둘을 보고 있던 미로슬라브가 물었다.

"그런데 아가씨는 뭘 사러 오신 겁니까?"

병준이 어깨를 으쓱했다.

"모르죠. 뭘 사겠다고 말할 수 없잖아요, 키스카는."

키스카와 함께 쇼핑센터에 온 건이 어깨로 유리문을 밀고 1층으로 들어왔다.

백화점보다는 못했지만, 꽤 여러 물건을 파는 센터를 둘러

본 건이 여전히 미안한 표정으로 품에 안긴 키스카의 등을 두드려 주며 말했다.

"키스카, 우리 뭐부터 볼까? 사고 싶은 것 있어?"

훨씬 안정된 표정이 된 키스카가 건의 품에 안긴 채 주위를 보다가 한쪽 매장을 손가락으로 가리켰다.

건이 소녀가 가리키는 것을 보고는 조용히 미소를 지었다. 소녀가 가리키는 곳에는 그레고리가 가장 좋아하는 쿠바산 시가 가게가 있었다.

그레고리의 시가 취향을 모르는 두 사람이 밖에서 대기하고 있던 미로슬라브의 도움을 구했다.

시가 가게로 들어온 미로슬라브가 의문스러운 눈빛으로 건을 보았다. 건은 키스카를 안은 채 싱긋 웃음을 지었다.

"우리 키스카가 자기 손으로 번 돈으로 아빠한테 선물을 주고 싶은가 봐요."

미로슬라브가 잠시 놀란 눈으로 키스카를 보다가 진열된 시가를 보았다.

"아니…… 딸이 왜 아빠한테 몸에 안 좋은 물건을……."

"하하, 키스카는 아직 그런 걸 알 나이가 아니잖아요. 그저 아빠가 좋아하는 물건이니 사려고 하는 거겠죠."

"아…… 그렇군요. 알겠습니다. 보스가 좋아하시는 시가라면 'Romeo y Julieta Churchills'인데 좀 비싸서……."

키스카가 자신 없는 눈으로 손에 쥔 돈다발을 보는 것을 본 미로슬라브가 피식 웃으며 말했다.

"걱정 마세요, 아가씨. 그 돈이면 몇천 개도 살 수 있습니다."

미로슬라브의 말에 방긋 웃음을 지은 키스카가 갑자기 자신감이 생겼는지 어깨에 힘이 들어가며 돈다발을 흔들었다.

귀여운 키스카의 모습을 본 미로슬라브가 점원에게 말했다.

"Romeo y Julieta Churchills로 한 박스 주세요."

점원이 고가의 시가를 판매하게 되어 기쁜지 한껏 친절한 미소를 띠며 말했다.

"네, 손님. 20개 박스로 드릴까요, 40개 박스로 드릴까요?"

점원의 말에 미로슬라브가 키스카에게 고개를 돌리자 소녀가 돈다발을 마구 흔들며 손으로 무언가를 가리켰다.

소녀의 손끝에 가장 큰 100개 박스가 있는 것을 본 미로슬라브가 피식 웃으며 고개를 끄덕였다.

"100개로 주세요."

점원이 살짝 놀라는 표정을 지으며 말했다.

"예? 100개 박스는 이천 달러가 넘는데 괜찮으세요?"

"네, 괜찮습니다. 선물용이니 포장해 주세요."

"아! 예 알겠습니다! 하하, Romeo y Julieta Churchills 100개 박스를 팔아보는 건 처음이네요. 하하."

점원이 박스를 들며 건에게 안겨 있는 키스카를 보자 소녀가 볼을 부풀리며 돈다발을 흔들고 있는 것이 보였다.

어이없는 표정으로 황당한 웃음을 지은 점원이 손을 내밀자 키스카가 그의 손 위에 탁 소리가 나게 돈다발을 얹어주었다. 잠시 손 위에 놓인 엄청난 금액을 보던 점원이 미로슬라브의 눈치를 보며 100달러짜리 지폐 20개를 뺀 후 키스카에게 돌려주었다.

"아가씨, 이건 너무 많네요. 하하, 원래는 이천이십사 달러인데, 이천 달러만 받겠습니다. 잠시만 기다리세요, 금방 포장해드리겠습니다."

점원이 선물 포장을 하러 가버리자 가만히 손에 남겨진 돈뭉치를 보던 키스카가 다시 다른 곳을 두리번거렸다. 소녀의 눈에 남성용 화장품 가게가 들어오자 매장을 빤히 보던 키스카가 발을 동동 굴렀다.

키스카가 버둥거리자 건이 키스카를 따라 화장품 매장으로 고개를 돌렸다.

"응? 화장품도 사려고? 그래, 가자. 미로슬라브, 잠깐 계세요. 저쪽에 좀 다녀올게요."

"네, 그러세요."

건이 키스카를 안고 화장품 매장으로 가자 50대가량으로 보이는 뚱뚱한 아주머니가 반가운 미소로 맞아주었다.

"어서 오세요, 어머나, 예쁜 꼬마 아가씨네? 막냇동생인가 보다. 그래 뭘 보여 드릴까요?"

키스카가 진열장에 진열된 화장품들을 보다가 고개를 돌려 포장을 기다리고 있는 미로슬라브를 보는 것을 본 건이 미소를 지었다.

"저기, 저쪽에 조금 무섭게 생긴 남자분이 쓸 건데, 뭐가 좋을까요?"

아주머니가 고개를 빼고 미로슬라브를 본 후 눈을 동그랗게 뜨며 말했다.

"엄청 무섭게 생긴 분인데, 뭐 하는 분이에요?"

"하하, 그냥 보통 사람이에요."

"보통 사람이 머리에 문신을 해요? 호호……. 뭐 어쨌든. 피부가 까칠하신 것 보니 평소에 관리를 안 하시나 보네요. 당신처럼 뽀얀 피부를 가지려면 아무래도 수분 에센스 쪽이 좋겠죠. 자, 이건 어때요?"

아주머니가 수수하게 생긴 박스 하나를 꺼내 들자 키스카가 자신에 찬 표정으로 허리에 손을 올린 후 돈다발을 흔들었다.

아주머니가 키스카가 흔드는 돈다발이 모두 100달러짜리 지폐인 것을 보고 놀란 표정을 짓자 건이 웃으며 말했다.

"하하, 제일 비싼 걸로 달래요."

아주머니가 어이없다는 표정으로 키스카의 행동을 보다가

구석에서 화려해 보이는 남성 화장품 세트가 든 박스를 꺼내 보여주었다.

"남성용 중에 제일 비싼 세트에요. 수분 에센스, 로션, 스킨, 토너, 나이트 크림까지 구성된 제품이에요. 가격은 사백 달러고요."

건이 키스카를 보자 키스카가 건에게 돈다발을 내밀었다.

건이 키스카가 내민 돈 중 지폐 4개를 빼 직원에게 내미는 것을 본 키스카가 아직도 한참 남은 돈을 내려다보다가 직원과 대화하고 있는 건의 옆모습을 보았다.

한참 건의 모습을 보던 키스카가 다시 고개를 돌려 주위를 보았다. 그러고는 마음에 드는 것이 없는지 풀이 죽었다.

포장을 마치고 쇼핑백에 시가를 담아 다가온 미로슬라브가 화장품의 포장을 기다리는 건에게 다가와 말했다.

"무거우니 차에 실어 두겠습니다."

건이 쇼핑센터를 나서려는 미로슬라브를 붙잡았다.

"잠깐만요, 미로슬라브. 조금만 기다려 주세요."

마침 포장을 마친 쇼핑 백을 건네받은 건이 쇼핑 백을 아래로 받친 후 손잡이를 키스카의 손에 쥐여주고는 미로슬라브 쪽으로 내밀었다.

무슨 뜻인지 몰랐던 미로슬라브가 키스카를 보자, 생글생글 웃음을 짓고 있던 키스카가 손잡이를 미로슬라브 쪽으로 내밀었다.

멀뚱히 쇼핑백을 받아 든 미로슬라브가 물었다.

"아, 이것도 차에 실어 두라는 말씀이군요?"

키스카가 불만스러운 눈으로 세차게 고개를 젓자 미로슬라브가 건에게 도움을 구하는 눈빛을 보냈다.

건이 웃으며 미로슬라브의 등을 두드렸다.

"키스카가 미로슬라브에게 주는 선물이래요. 피부 관리 좀 하시랍니다. 하핫!"

미로슬라브가 잠시 얼빠진 표정으로 쇼핑백을 내려다보다가 감동한 눈빛으로 키스카를 보았다.

건의 품에 안긴 키스카가 손을 내밀어 미로슬라브의 볼을 만져주자 금방 눈물이 나올 것 같았던 미로슬라브가 황급히 쇼핑백을 들고 고개를 숙였다.

"가, 감사합니다. 아가씨!"

미로슬라브는 고개를 푹 숙인 채 황급히 밖으로 뛰어나갔다. 아마도 키스카나 건에게 눈물을 보이고 싶지 않아서 그런 것이라는 것을 눈치챈 건이 몸을 돌려 키스카에게 말했다.

"자, 이제 갈까? 아니면 더 볼래?"

키스카가 풀 죽은 표정으로 가만히 남은 돈다발을 내려다보고 있자 건이 소녀의 표정을 살피며 말했다.

"왜 그래? 돈 남아서 아쉬워? 하하, 그거 오늘 다 못 써 키스

카. 꽤 큰돈이라니까."

키스카를 안고 쇼핑센터를 돌아보던 건의 눈에 2층으로 올라가는 에스컬레이터가 보이자 에스컬레이터 앞에 쓰여 있는 안내판을 가리키며 말했다.

"2층도 있네? 올라가 볼래?"

얼굴에 생기가 돈 키스카가 마구 고개를 끄덕였다.

키스카의 머리를 쓰다듬으며 2층으로 올라간 건의 얼굴이 붉어지며 황급히 몸을 돌렸다.

"여, 여긴 여성 속옷 가게잖아, 키, 키스카 한 층 더 올라가자!"

황급히 몸을 돌려 3층으로 가는 에스컬레이터에 몸을 실은 건의 품에 안긴 키스카가 건의 등 뒤로 보이는 예쁜 속옷 가게들을 훔쳐보다가 자신의 몸을 내려다보고는 고민스러운 표정을 지었다.

건이 소녀의 반응을 보며 얼굴을 붉혔다.

"키, 키스카는 저런 거 아직 입으면 안 돼! 지지!"

키스카의 눈을 가린 건이 3층에 내리자 건이 외쳤다.

"와아, 반짝반짝 예쁘다! 키스카, 액세서리 매장인가 봐."

건은 손을 치우고 매장을 보던 키스카가 버둥거리자 바닥에 내려주었다. 쪼르르 매장으로 달려가 이것저것을 구경하는 것을 웃으며 보고 있던 건 역시 작고 예쁜 액세서리들을 함께 구경했다.

"와, 이건 피크 모양이네? 이렇게 생긴 액세서리도 있구나. 예쁘다."

건이 무언가 말을 하자 진열장 앞으로 달려가 발뒤꿈치를 세우고 건이 말한 목걸이를 보던 키스카가 이미 다른 곳으로 신경을 옮긴 건을 올려다보았다.

키스카는 건이 진열장을 구경하며 다른 곳을 보고 있을 때 매장 직원에게 몰래 손가락으로 피크 목걸이를 달라고 가리키며 돈다발을 내밀었다.

돈뭉치를 본 직원이 놀라다가 지폐 한 장을 꺼내는 것을 본 키스카가 입맛을 다시며 남은 돈다발을 하얀 가방에 넣었다.

포장된 목걸이와 건네준 지폐보다 더 많은 양의 거스름돈을 받아 든 키스카가 불만스러운 눈으로 자신의 손에 쥐어진 거스름돈을 내려다보다가 건에게 쪼르르 달려가 목걸이가 든 박스를 내밀었다.

"응? 뭐야, 이게?"

건이 박스를 받아 들고 의문스러운 눈으로 키스카를 내려다보자 조금 부끄러워하는 표정을 지으며 몸을 배배 꼬는 것이 보였다.

박스를 열어 목걸이를 본 건이 놀란 눈으로 키스카를 보았다.

"어? 이거 아까 그 목걸이네? 나 주는 거야?"

건과 눈을 마주치지 못하고 애꿏게 작은 발로 바닥을 두드리던 키스카가 쪼르르 다른 곳으로 뛰어가는 것을 본 건이 미소를 지으며 목걸이를 꺼내 직원에게 말했다.

"이거, 뒤에 글 새길 수 있나요?"

"그럼요, 서비스로 해드리겠습니다. 뭐라고 써드릴까요?"

"음…… 그냥 'Kiska'라고 써주시겠어요?"

"네 한 오 분 걸립니다. 잠시만 기다려 주세요."

건이 목걸이를 맡겨 두고 키스카가 뛰어들어간 매장을 보고는 실소를 지으며 고개를 절레절레 흔들었다.

"하아…… 병준이 형 선물도 사려나 보구나."

키스카가 구경하고 있는 매장은 남성 팬티 가게였다.

병준의 팬티를 하도 많이 본 키스카는 병준이 자주 입는 드로즈 팬티를 색깔 별로 박스에 담긴 세트를 들고 원래 손에 들고 있던 잔돈을 내밀었다.

직원이 잔돈 중 일부를 받은 후 웃으며 쇼핑 백을 내밀자 작은 쇼핑백을 휘휘 휘두르며 건에게 돌아온 키스카가 웃음을 지었다.

건이 직원이 돌려 준 목걸이를 보여주며 말했다.

"키스카, 여기 보이지? 키스카가 줬다고 이름 써달라고 했어. 예쁘지?"

피크 목걸이 뒤에 자신의 이름이 쓰여진 것을 본 키스카가 눈을 동그랗게 뜨고 목걸이를 만져보다가 양손을 번쩍 들고 웃었다.

건이 키스카의 머리를 만져주며 옆에 서 있던 직원에게 물었다.

"아이가 할 만한 목걸이는 없을까요?"

"아, 물론 있지요. 이쪽입니다. 아이들은 별 모양이나 달 모양을 좋아합니다. 이쪽부터 저쪽까지니까 편하게 보세요."

건의 눈에 초승달 모양의 은목걸이가 들어왔다.

직원에게 부탁해 목걸이를 받은 건이 키스카에게 목걸이를 보여주며 물었다.

"이거 어때? 내가 키스카에게 선물하고 싶어서 그래. 뒤에 케이라고 쓰자."

키스카가 잠시 보다가 이내 고개를 저었다.

"왜? 이거 별로야? 예쁜데."

잠시 초승달 모양의 목걸이를 아쉬운 눈으로 보던 건의 눈에 진열장에 달라붙어 하나의 목걸이를 보여 달라고 손짓하는 키스카가 들어왔다.

"뭐야? 마음에 드는 것 있어?"

키스카가 가리킨 목걸이를 꺼낸 직원의 손에 로즈핑크로 장식된 하트 모양의 목걸이가 들려 있었다.

◈ 2장 ◈
천천히 가도 괜찮아

　집으로 돌아온 건이 키스카를 안고 그레고리의 방으로 향했다.

　그레고리에게 키스카가 들기에는 무거운 시가를 대신 전해 주자 눈물을 글썽이며 까칠한 수염이 난 볼을 키스카의 뺨에 비비며 감격했다.

　건은 부녀의 시간을 방해하지 않기 위해 조용히 문을 닫고 별채로 향했다. 별채 문을 열자 거실의 소파에 팬티만 입은 병준이 누워 핸드폰을 보고 있었다.

　"형, 옷 좀 입고 있으라니까요."

　대답도 하지 않고 손을 휘휘 젓는 병준의 다리를 치우고 소파에 털썩 주저앉은 건이 병준의 팬티를 힐끔 본 후 물었다.

"샤워했어요? 키스카가 준 속옷 입어보지 그래요?"

병준이 손에 힘이 풀린 듯 핸드폰을 떨어뜨렸다.

잠시 건을 노려보며 눈가를 파르르 떨던 병준이 벌떡 일어나 방에 들어가더니 포장을 뜯은 속옷 세트를 들고나와 흔들며 소리쳤다.

"너 도대체 키스카한테 뭘 가르친 거냐!"

건이 병준이 흔드는 속옷 박스를 보며 의아한 눈으로 물었다.

"예? 왜요?"

병준이 우악스럽게 박스를 뜯어 핫핑크색 드로즈 팬티를 펼치며 외쳤다.

"남한테 선물 줄 때 자기 이름 새겨 주라고 했어? 팬티에 전부 매직으로 'kiska'라고 써 있잖아!"

건의 눈에 가장 중요한 부분에 조그맣게 써진 키스카라는 글씨가 보였다.

"푸, 푸, 푸하하하! 하하하하!"

병준이 어이없는 눈으로 웃고 있는 건을 내려다보다가 건의 얼굴에 팬티를 던졌다.

"이걸 어떻게 입어! 너나 입어라!"

건이 얼굴을 가린 팬티를 잡아 다시 내밀었다.

얼마나 웃겼는지 눈에 눈물까지 매달고 웃던 건이 말했다.

"푸, 푸하핫! 이, 이거 키, 키스카가 준 건데 푸핫! 이, 입어야죠, 형! 크하핫!"

병준이 건이 내미는 팬티를 손으로 마구 치며 말했다.

"됐어, 인마! 이걸 어떻게 입어! 글씨 보니까 키스카가 직접 쓴 것 같은데 안 입어!"

건이 병준의 손을 피해 계속 팬티를 내밀며 웃었다.

"아, 그래도 키스카가 준 건데 가지고라도 있어요, 푸하하."

병준이 건의 손을 때리려다가 잠시 생각해 본 후 팬티를 받아 박스에 대충 쑤셔 넣었다.

"에이, 나중에 또 버렸다고 화낼지도 모르니까 일단 가지고는 있어야겠다. 쩝."

너무 웃겼는지 눈물을 닦으며 입을 벌렸다 오므렸다 하며 턱관절을 푸는 건을 본 병준이 물었다.

"너도 받았냐? 뭐 받았어?"

건이 목에 걸린 피크 목걸이를 들어 보였다.

"이거요, 키스카 이름도 새겼어요."

건의 목에 음각으로 파인 키스카의 이름을 본 병준이 다시 팬티에 대충 매직으로 적은 키스카의 이름을 보고 얼굴을 찌푸리자 건이 다시 웃음을 터뜨렸다.

얄미웠는지 발로 건의 엉덩이를 마구 찌르던 병준이 소리를 질렀다.

"웃지 마! 웃지 마, 이 자식아!"

"아! 아! 아파요, 형 푸하핫!"

한참 건을 괴롭히며 장난을 치던 병준이 소파에서 일어나며 건을 내려다보았다.

"내일 학교 가는 날이지? 일찍 자라."

건은 병준이 발로 찔러댄 엉치뼈가 아픈지 엉덩이를 어루만지며 아직 웃음기를 지우지 못한 얼굴로 말했다.

"11시에 가는 거라 괜찮아요. 키스카 오면 재워주고 자야죠."

"알았다, 내일 키스카도 같이 가는 거야?"

"네, 그레고리한테 허락받았어요. 키스카도 학교에 가서 코릴리아노 교수님과 함께 있을 거예요."

"어차피 너랑 클래스가 다르잖아? 학교만 같이 가는 건가?"

"네, 학교 오가는 건 같이하고 수업은 따로 받게 되겠죠."

"그래, 등교나 하교는 내가 같이 갈 테니까 그렇게 알아."

"알았어요, 형. 푸흡!"

아직 웃음을 멈추지 못한 건이 다시 한번 참던 웃음을 터뜨리자 한숨을 쉬며 소파에 널려 있는 팬티를 주섬주섬 챙긴 병준이 방으로 들어갔다.

한참 소파를 굴러다니며 건은 잠옷을 입고 별채 문을 연 채 자신을 의문스러운 눈으로 보는 키스카를 확인할 때까지 웃어댔다.

건이 소파에 누운 채 양팔을 뻗자 키스카가 쪼르르 달려와 건에게 안겼다. 천진난만한 얼굴을 보고 더 웃음이 터진 건이 한참 키스카를 끌어안고 웃다가 함께 침대로 향했다.

불을 줄이고 동화책을 읽어주던 건은 키스카가 완전히 잠이 든 것을 확인하고는 조용히 자신의 방으로 돌아가 잠에 빠져들었다.

다음 날 오전.

아침부터 부산하게 준비를 한 건이 기타 가방에 필요한 학용품들을 넣고 별채 문을 나섰다.

언제나처럼 병준의 손을 잡고 있는 키스카를 본 건이 반색하며 키스카를 안고 차에 올랐다.

금방 줄리어드 앞에 도착한 차가 서자 병준이 조수석에서 뒤를 돌아보며 말했다.

"학교 끝나면 몇 시야?"

"글쎄요? 한 네 시?"

"그럼 세 시쯤부터 주변에서 대기할 테니까 끝나면 전화해."

"그래요, 형. 이따 봐요."

"아! 경호 인력들이 학교 주변 주차장에서 눈에 안 띄게 대기하고 있을 거니까, 필요하면 이야기하고."

"네, 형. 다녀올게요. 키스카 가자."

키스카의 손을 잡은 건이 차에서 내리자 줄리어드로 향하고 있던 학생들이 일제히 건을 돌아보았다.

"꺄아악! 케이야!"

"어머나! 키스카 미오치다!"

"지, 진짜 케이야! 줄리어드에 온 보람이 있었어!"

신입생들도 섞여 있는지 건을 처음 본 학생들이 소란을 피웠다.

키스카는 건의 옆에서 이런 광경을 여러 번 경험해서인지 별다른 반응 없이 건의 손을 잡고 학교로 향했다.

손을 흔들어주며 사람들에게 인사를 건네던 건이 학교 정문을 열자 밖에서 나는 소란스러운 소리 때문에 나와 보려던 경비 아저씨와 마주쳤다.

"안녕하세요?"

"아! 케이 학생. 복학이군요?"

"네, 아저씨."

"그래요, 어서 들어가요. 왜 이렇게 소란스럽나 했더니 학생이 등교하는 것이었군요. 같이 온 꼬마 아가씨가 키스카 양인가 봐요? 코릴리아노 교수님께 미리 언질 받았습니다. 들어가시죠."

"감사합니다, 아저씨."

건이 2층 교수실로 가 코릴리아노 교수의 방 앞에서 한쪽 무릎을 꿇고 키스카와 눈을 맞추었다.

"키스카, 나도 건물 안에 있으니까 언제든 내가 필요하면 코릴리아노 교수님께 말하면 돼. 알았지? 집에 갈 땐 같이 가자?"

키스카가 방긋 웃으며 고개를 끄덕인 후 코릴리아노 교수실의 문을 열었다.

존 코릴리아노의 교육 방식이 키스카에게 잘 맞았던지 키스카는 코릴리아노 교수를 좋아했다.

안에서 키스카를 반기는 교수의 목소리를 들은 건이 싱긋 웃으며 교실로 향했다. 여유롭게 걷던 건이 손목시계를 확인하고는 조금 빠르게 걷기 시작했다. 여유를 부리다 지각을 할 뻔한 건이 다급히 교실의 뒷문을 열자 교실을 꽉 메운 학생들의 뒷모습이 보였다.

건이 웅성거리는 학생들에게 방해가 되지 않도록 허리를 살짝 숙이고 교실 맨 뒷자리에 앉자 옆자리에 있던 남학생이 고개를 쑥 내밀고 말했다.

"또 여기 앉을 줄 알았죠."

살짝 놀란 건이 그를 보고 놀라며 웃음을 지었다.

"파비오? 파비오 마르체티? 아직 졸업 안 했어요?"

긴 장발의 이태리 미남 파비오가 씁쓸하게 웃으며 말했다.

"하하, 나도 휴학했었어요. 부모님 일을 좀 돕느라고. 케이는 군대를 다녀왔죠?"

"네, 우리나라는 모든 남자가 군대를 가야 하거든요."

"하하, 것 참 피곤하겠네요. 자, 나도 3학년 복학이니 잘 부탁해요."

"다행이네요. 복학하면 아는 사람이 하나도 없을까 봐 좀 걱정했는데."

"후후 그건 나도 마찬가지에요. 그나저나 샤론 교수님의 첫 수업은 항상 미션으로 시작되는데 이번 학기는 어떤 미션을 주실까요? 아, 그리고 보니 첫 미션에서 우리가 함께했었군요? 아스투리아스의 연주였죠, 스튜디오 클래스에서의 연주."

"맞아요, 하하. 그때 도와주서서 정말 감사했어요."

"도움이라뇨. 오히려 제가 그 연주 후 실력이 많이 늘었는걸요."

건이 웃으며 이야기를 나누다 문득 말했다.

"우리 나이도 비슷한데 그냥 말 편하게 하면 안 돼요?"

파비오가 살짝 건의 눈치를 보면서 말했다.

"실은 난 원래 두 번 정도 본 사람한테는 말 편히 하자고 하는데⋯⋯ 케이는 워낙 스타니 먼저 말하기가 좀 그랬어요. 하핫! 그래, 그렇게 하자!"

"하하, 그래 그럼 파비오라고 부르면 돼?"

"그래, 이거 내가 케이의 친구라니 기분이 이상한데?"

"풋 나도 똑같은 사람인데 뭐. 앞으로 잘 부탁해."

"나야말로."

한참 이야기를 나누던 두 사람이 주위가 조용해진 것을 느끼고 의아한 눈으로 교실 앞을 보았다. 교실에 있던 백여 명의 학생들이 모두 자신을 보고 있는 것을 본 파비오가 당황하다가 자기 옆에 누가 앉아 있다는 것을 깨닫고는 실소를 지었다.

멀뚱히 앉아 있는 건의 팔을 잡고 들어 올린 파비오가 속삭였다.

"너 복학해서 다른 애들은 네가 익숙하지 않잖아. 인사라도 해."

파비오에 의해 손이 들려진 건이 어색한 웃음을 지으며 조용한 학생들에게 말했다.

"에…… 안녕하세요, 케이입니다. 여러분과 함께 이번 학기를 보낼 거예요. 잘 부탁합니다."

잠시 침묵하던 학생들이 소리를 지르기 시작했다.

"꺄아악! 케이야! 케이랑 같이 수업 듣는 거야, 우리?"

"우리보다 선배 아니었어? 같이 수업 듣는다고?"

"바보! 케이는 한국인이잖아, 군대 갔다 복학한 거래, 난 알고 있었지!"

"이게 꿈이야 생시야?"

학생들이 우르르 달려들기 직전 교실의 앞문이 열리고 샤론이 들어왔다.

교수가 들어오는 것을 본 학생들이 재빨리 자신의 자리로 돌아갔다.

샤론은 맨 뒷자리에 건이 앉아 있는 것을 보고는 이해가 된다는 듯 살짝 미소를 지었다.

교수 단상으로 걸어온 샤론이 컨트롤러를 눌러 모니터 화면이 출력되는 스크롤을 내렸다. 잠시 스크롤이 내려오는 것을 기다리던 샤론이 마이크에 입을 대고 말했다.

"기타 학과 학생 여러분. 방학은 잘 보냈나요?"

"네!"

"방학이 너무 짧았어요!"

"연습하느라 집에도 못 갔어요!"

잠시 아우성치며 떠드는 학생들을 웃으며 보던 샤론이 컨트롤러를 누르자 스크롤에 글자가 떠올랐다.

"자, 자. 이제 방학의 설렘은 접어두고 새 학기를 시작할 때가 되었습니다. 설명 안 해도 뭐라고 쓰여 있을지 아시겠죠?"

대형 스크롤에 'Mission'이라고 써진 것을 본 학생들이 우우 소리를 내었다.

교단을 손바닥으로 몇 번 내려치며 학생들을 조용히 만든 샤론이 말했다.

"3학년 첫 미션입니다. 여러분은 기타 학과에 다니고 있죠? 기타라는 것은 혼자 연주할 수도 있지만 다른 악기들과 협업

하는 일이 더 많은 악기입니다. 물론 이것은 다른 악기들도 마찬가지죠. 3학년 첫 수업은 기타, 드럼, 베이스, 키보드 학과가 합동으로 진행하는 수업입니다."

샤론이 컨트롤러를 누르자 대형 화면에 글자가 떠올랐다.

Band Score.

샤론이 학생들을 둘러보며 단상 앞으로 나와 말했다.

"3학년 첫 미션은 바로 밴드 스코어입니다. 거기 맨 뒷자리에 앉은 잘생긴 학생?"

학생들이 일제히 뒤로 돌아 건을 보자 당황하던 건이 엉거주춤 자리에서 일어났다.

샤론이 장난스러운 웃음을 지으며 물었다.

"밴드 스코어가 뭐죠?"

건이 학생들의 눈치를 본 후 조금 큰 소리로 말했다.

"밴드에서 쓰이는 모든 악기의 스케일을 적어둔 악보를 말합니다, 교수님."

"좋아요, 앉으세요."

샤론이 다시 자기를 보는 학생들을 둘러보며 이를 드러냈다.

"이번 미션은 단독 연주 연습이 아니라, 타 학과 학생들과 밴드를 만들어 합주를 하는 미션입니다."

♪♫♩

줄리어드 스쿨 내의 개별 연습실 중 밴드 합주가 가능한 연습실에 학생들이 모였다.

금발 머리에 아이라인이 짙고 캐주얼한 복장에 컨버스 신발을 신은 여성과 깔끔한 검은 머리에 랩퍼 같은 스타일의 흑인, 일본계인 듯 긴 생머리를 하고 하얀 원피스를 입고 얌전히 앉은 여성이 그 셋이었다.

잠시 어색한 기류가 흐르고 금발 머리 여자가 먼저 의자를 가져와 앉으며 밝은 목소리로 말했다.

"나는 안나 센티나라고 해. 베이스를 전공하고 있어. 이번 미션 잘 해보자."

안나가 먼저 말문을 트자 곧바로 흑인 남자가 드럼 스틱을 돌리며 새로운 간이 의자를 가져다 앉았다.

"난 앤서니 번즈. 드럼과야. 잘 부탁해."

안나와 앤서니가 머뭇거리며 서 있는 일본 여성을 올려다보니 여성이 조심스러운 말투로 말했다.

"시즈카 미야와키 입니다. 피아노 학과에서 왔어요."

안나가 시즈카를 올려다보다 간이 의자 하나를 옆에 세워주며 말했다.

"앉아. 그런데 피아노 학과라고? 신디사이져가 아니라 피아노?"

시즈카가 고개를 숙여 감사를 표한 후 다소곳이 의자에 앉았다.

"네, 피아노 학과 맞습니다. 원래 클래식 전공이에요."

"우리 같은 학년인데 그냥 말 편히 하자, 시즈카."

"네, 그럴게요."

"아니, 편하게 말하자고."

"네, 그러세요."

"에혀……."

안나는 시즈카의 친절해 보이는 미소에 예의 바른 말투를 듣고는 고개를 절레절레 흔들었다.

옆에서 듣고 있던 앤서니가 실소를 지으며 말했다.

"일본 애들은 보통이래. 좀 더 편해지면 더 편한 말투를 쓰겠지. 그냥 둬."

안나가 앤서니를 힐끔 돌아본 후 시즈카를 보며 물었다.

"그런데 피아노 학과에서 밴드 합주에는 왜 온 거야? 너희 학과는 이런 수업 없지 않나?"

시즈카가 다소곳한 말투로 답했다.

"네, 맞습니다. 제가 이쪽에 관심이 있어서 지원했어요."

안나가 앤서니를 보며 어깨를 으쓱했다.

"그래? 뭐…… 전공 연습할 시간도 없을 텐데 특이하네. 어쨌든 알았어. 그나저나 기타 학과 쪽 사람은 아직 안 왔네?"

앤서니가 벽에 걸린 시계를 힐끔 본 후 말했다.

"아직 5분 남았어. 우리가 일찍 온 거지."

안나가 간이 의자의 짧은 등받이에 등을 기대며 몸을 뒤로 젖히고 깍지 낀 손으로 목을 잡았다.

"아…… 제발 콧대 높은 놈이 오지 않았으면 좋겠는데."

시즈카가 고개를 갸웃한 후 조심스럽고 예의 바른 어투로 물었다.

"기타 학과 사람이 콧대가 높나요?"

안나가 몸을 반쯤 뒤로 눕힌 채 말했다.

"응, 기타 학과 놈들은 지들이 밴드의 중심인 줄 알거든. 뭐 사실 활동하는 밴드들의 리더들이 대부분 기타리스트이기도 하고, 작곡도 가장 많이 하긴 하니까."

시즈카가 일본인 특유의 리액션으로 크게 고개를 끄덕이자 앤서니가 끼어들며 말했다.

"누구나 그런 건 아니야. 자존심 강한 일부 녀석들이 그러기도 한 거지. 그보다는 실력이나 제대로 갖춘 사람이 왔으면 좋겠다."

안나가 고개를 돌려 앤서니를 위아래로 보다가 말했다.

"넌 좀 해?"

앤서니가 이를 드러내며 웃었다.

"좀 하지. 뭐 너만큼 유명하진 않지만."

안나가 몸을 살짝 일으키며 눈을 동그랗게 떴다.

"날 알아?"

앤서니가 핸드폰을 빙글빙글 돌리며 말했다.

"너 유튜버잖아. 그것도 구독자 40만이 넘는 채널을 운영하고 말이야. 네 베이스 기타 플레이 영상 종종 봤어."

"호오? 우리 학교 학생 중에 내 채널을 보는 사람이 있었구나."

"응, 섹시한 옷을 입은 미녀가 스냅샷으로 보이길래 눌러봤지. 하하."

"호호, 그래? 그건 스냅샷 전략으로 삼아야 할 말이네. 앞으로 좀 더 노력해 볼게."

"하핫, 그런 거 말고 실력 증진 쪽으로 더 노력해 보라고."

두 사람의 이야기를 멀뚱히 듣던 시즈카가 다시 물었다.

"안나가 유튜버예요? 베이스 기타 플레이를 하는 영상을 찍어 올리는?"

안나가 고개를 끄덕이며 몸을 일으켜 세웠다.

"응, 한 1년 됐나? 처음엔 그냥 연습을 모니터하기 위해 녹화한 건데 재미로 올리다 보니 구독자가 생기더라고. 재미를 붙여서 꾸준히 업로드를 했더니 지금은 구독자 40만이 되어버렸지. 이젠 내가 학생인지 유튜버인지 모를 지경이야."

"그거 재미있나요?"

"응, 재미있지. 왜? 해볼래?"

"아…… 아니에요. 그냥 여쭤봤어요."

시즈카를 위아래로 보던 안나가 장난스럽게 말했다.

"시즈카는 예뻐서 남자들이 좋아할걸? 섹시한 스타일은 안 어울릴 것 같으니 청순한 스타일로 밀고 나가봐."

시즈카가 안나의 시선이 부담스러웠는지 고개를 숙이며 얼굴을 붉히자 안나가 까르르 웃었다.

"하하하! 재미있는 타입이네, 장난에 얼굴도 붉어지고."

안나가 고개를 숙이고 있는 것을 본 앤서니가 드럼 스틱을 휘휘 휘둘렀다.

"어이, 그만하라고."

안나가 손을 휘저으며 고개를 끄덕였다.

"아, 알았어. 미안, 시즈카. 그보다 우리 오늘 첫 만남인데 간단히 미팅하고 맥주나 한잔하러 갈까?"

앤서니가 손가락을 들어 좋다는 표현을 하자 안나가 시즈카를 보았다. 시즈카는 여전히 고개를 숙이고 있다가 앤서니의 눈치를 본 후 조용히 고개를 끄덕였다.

피식 웃은 안나가 다시 벽시계를 본 후 말했다.

"이제 슬슬 시간이 된 것 같은데…… 우리 기타리스트는 언제 오려나?"

시간에 딱 맞춰 똑똑, 노크하는 소리가 들리자 몸을 돌린 안나가 일어나며 비아냥거렸다.

"아니, 그래도 첫 만남인데 1분이라도 일찍 오지, 시간에 딱 맞춰 올 건 뭐⋯⋯."

문 앞에 선 남자를 본 안나가 일어나다 말고 엉거주춤한 자세로 말을 멈췄고 앤서니가 드럼 스틱을 돌리다 손가락을 멈추는 바람에 스틱을 떨어뜨렸다. 시즈카는 자신의 입을 막고 눈을 크게 떴다.

문 앞에 선 남자가 싱긋 웃으며 기타 가방을 바닥에 내려놓았다.

"안녕하세요, 조금 늦었나요? 미안해요."

시즈카가 말을 더듬으며 남자를 가리켰다.

"케⋯⋯ 케이?"

건이 시즈카를 보며 웃었다.

"일본 학생인가 보네요?"

"네⋯⋯ 네? 네! 마, 맞아요."

"반가워요, 이웃 나라 사람이네요."

"네! 네! 바, 반갑습니다. 시즈카 미야와키에요."

"반가워요, 잘 부탁해요."

건이 입을 떡 벌리고 있는 앤서니에게 다가가 어깨를 두들겼다.

"드러머? 랩퍼인 줄 알았어요, 스타일이 좋으시네요."

앤서니가 자신의 어깨를 만지는 건을 올려다보다가 말을 더듬었다.

"어……어, 예, 예! 애, 앤서니 번즈 입니다!"

"반가워요, 앤서니. 그럼 금발 여자분이 베이시스트인가요?"

아직도 엉거주춤하게 서 있던 안나가 벌떡 일어나 건에게 안겼다. 갑자기 안기는 안나를 당황한 표정으로 내려다보던 건이 피식, 웃자 안나가 행복한 표정을 지으며 외쳤다.

"우리 기타리스트가 케이라니! 만세!"

안나가 양팔을 번쩍 올리며 소리치자 시즈카가 자기도 모르게 작게 팔을 올리며 동조했고, 앤서니가 어이없는 표정으로 두 여자를 보다가 급히 간이 의자 하나를 빼 펴 주었다.

"여, 여기 앉으세요, 케이."

"아, 고마워요."

건이 의자에 앉은 후 아직도 만세를 부르며 스튜디오를 뛰어다니고 있는 안나를 보며 웃었다.

"자, 안나. 진정하고 앉으세요."

"아! 네!"

동경에 찬 눈으로 자신을 바라보는 세 사람의 눈을 맞춘 건이 한참 그들을 바라보다가 이를 드러내며 웃었다.

"오늘은…… 첫날이니 그냥 회의만 할 텐데…… 비좁은 연습실보다는 어디 가서 맥주나 한잔할까요? 내가 살게요."

안나가 다시 벌떡 일어나며 만세를 불렀다.

"끼야호! 역시 케이야! 가요, 가요!"

재빨리 자신의 기타 가방을 메고 머뭇거리는 시즈카의 손을 잡아끄는 안나를 본 건이 앤서니와 눈을 맞추며 피식 웃었다.

건이 앤서니의 어깨를 다시 툭툭 건드린 후 기타 가방을 메자 건이 건드린 자신의 어깨를 감격에 찬 얼굴로 보던 앤서니가 황급히 따라붙었다.

학교 복도를 지나며 학생들이 건과 함께 걷고 있는 자신에게 시선을 집중하는 것이 무척 기분 좋았는지 안나가 연신 웃으며 시즈카를 잡아끌었다.

시즈카는 안나에게 끌려가면서도 건의 옆모습을 훔쳐보며 얼굴을 붉혔고, 앤서니는 아직 건과 함께 밴드 연습을 한다는 것이 믿어지지 않는 듯 멍한 표정으로 걷고 있는 건의 뒷모습을 보았다.

학교 정문에 도착해 모자와 선글라스를 쓴 건이 일행에게 말했다.

"학교 정문으로 나가 왼쪽으로 300m쯤 올라가면 'Off the Wagon'이라는 펍이 있어요. 거기서 봐요. 같이 걸으면 민폐니까 난 따로 갈게요."

건이 학교 문을 나서자 재빨리 다가온 경호원이 건에게 상황을 묻고 차에 올라타 시동을 거는 것이 보였다.

그 모습을 본 시즈카가 낮게 중얼거렸다.

"진짜…… 진짜 케이구나."

경호원의 호위를 받으며 리무진에 올라타는 건을 보던 안나 역시 고개를 끄덕였다.

"같은 학생이지만 엄청난 스타니까."

앤서니가 아직 건의 온기가 사라지지 않은 자신의 어깨를 조금 들어 올리며 다가왔다.

"야, 나 케이가 이쪽 어깨 두 번이나 만졌다. 며칠은 안 씻어 야지."

안나가 앤서니를 힐끔 본 후 코를 감아쥐었다.

"윽! 생각만 해도 냄새나! 저리 가!"

"으흐흐, 너도 케이랑 포옹했잖아? 자기도 안 씻을 거면서."

"웃기네! 난 집에 돌아가자마자 씻을 거거든?"

"오, 진짜?"

"그럼! 왜냐하면, 매일 연습 때마다 반가운 척하며 안길 거 거든! 케이가 나한테서 냄새난다고 생각하면 안 되니까!"

"크크크, 그래라."

조용히 두 사람의 대화를 듣고 있던 시즈카는 혹시나 하는

마음에 자신의 옷을 들어 냄새를 맡아보더니 안심하는 표정
이 되었다.

♪♪♪

약 십 여분을 걸어간 일행의 눈에 짙은 갈색의 간판이 걸린
작은 가게가 들어오자 안나가 간판을 가리키며 외쳤다.

"저기다! 오프 더 웨건!"

안나가 가장 먼저 문을 열고 들어가 가게 내부를 살폈다. 아
직 이른 시간이라 그런지, 거의 손님이 없는 가게에는 아직 건
이 도착하지 않은 듯하였다.

"먼저 차 타고 간 것 아니었나? 에이 기다리면 오겠지. 얘들
아 가자."

뒤따라 들어오는 두 사람을 데리고 바의 아무 자리에 앉자
뚱뚱한 백인 남성 직원이 다가와 세 사람을 살펴본 후 물었다.

"혹시…… 시즈카, 안나, 앤서니인가요?"

안나가 눈을 동그랗게 떴다.

"네? 맞는데요?"

직원이 웃음을 지으며 한쪽을 가리켰다.

"VIP룸으로 가시죠. 먼저 오신 분이 룸을 예약하셨습니다."

그가 가리킨 곳에 가게에서 하나밖에 없는 독립 공간의 닫

힌 문이 보이자 안나가 신난 표정으로 일어섰다.

"역시! 클래스가 달라! 가자, 애들아!"

"클래스는 무슨…… 이런 펍 VIP룸은 별로 안 비싸."

"그래도! 너는 이런 펍에서라도 VIP룸 가봤어?"

"쩝…… 뭐 하여간. 케이 정도면 더 비싼 가게에서도 VIP룸에 가겠지. 돈이 많아서가 아니라 바에서는 편안히 식사할 수 없을 테니까."

"그렇겠지, 일단 가자. 뭐야, 시즈카 어디 갔어? 시즈카?"

안나의 눈에 이미 VIP룸 문고리를 잡고 있는 시즈카의 뒷모습이 들어왔다.

"저! 여우가! 기다려! 케이 옆자리는 내 거야!"

안나의 예상과는 달리 시즈카는 건의 맞은편에 다소곳하게 앉아 있었다. 안나가 신난 표정으로 건의 옆자리에 앉고 앤서니는 시즈카의 옆에 앉았다.

주문을 받으러 온 직원에게 맥주와 간단한 안주를 주문한 건이 얼굴을 가린 모자와 선글라스를 벗자 시즈카의 눈이 몽롱하게 변했다. 아마도 그녀는 건의 얼굴을 잘 볼 수 있는 곳을 선택한 것 같았다.

안나 역시 건의 잘생긴 옆모습을 뚫어지게 보고만 있자 침묵이 흐르는 룸을 환기시키기 위해 앤서니가 먼저 말문을 열었다.

"저기, 케이. 우리와 함께하는 것 맞죠? 하하, 실감이 안 나서요."

건이 살짝 미소를 지으며 고개를 끄덕였다.

"모두 마찬가지겠지만, 조별 과제는 스스로 파트너를 선택할 수 없잖아요. 저도 여러분 이름도 못 듣고 시간과 스튜디오 넘버만 받았어요."

"아…… 그렇죠, 참. 어쨌든 운이 좋네요, 우린. 하하."

안나와 시즈카가 여전히 건의 얼굴에 빠진 것을 본 앤서니가 다시 말을 이었다.

"어떤 곡을 할 거예요?"

건이 일행을 돌아보며 고개를 갸웃했다.

"그건 다 같이 정해야죠?"

앤서니가 미소를 지으며 볼을 긁었다.

"아…… 그건 그런데 아무래도 케이 앞에서 뭘 하자고 의견을 말하기가 좀……."

"하하, 그러지 마요. 우리 같은 학생일 뿐이에요, 앤서니."

멍하게 있던 안나가 화들짝 정신을 차리며 다급히 말했다.

"그, 그래요! 같은 학교 학생! 그럼 우리 말 편하게 해도 돼요?"

건이 당연하다는 듯 고개를 끄덕이며 먼저 말을 했다.

"그럼! 안나, 시즈카, 앤서니. 다들 잘 부탁해."

안나가 신나는 표정으로 양팔을 번쩍 들었다.

"아싸! 케이랑 친구 먹었다! 야호!"

앤서니 역시 티 안 내리고 노력하는 듯했지만 얼굴에 번지는 웃음은 어쩔 수 없었고, 시즈카는 아직도 건의 얼굴을 보느라 정신이 없었다.

한참 손을 마구 휘젓던 안나가 룸 문이 열리는 것을 보고 고개를 돌리자 맥주와 안주를 쟁반에 가져온 직원이 문 앞에서 건의 얼굴을 보고는 손에든 쟁반을 놓칠 뻔하는 것이 보였다.

"허, 허억! 케, 케이?"

건이 직원을 보고 빙긋 웃음을 지으며 손을 흔들었다.

"안녕하세요? 죄송한데 학생들과 조별 과제 때문에 미팅 중인데 소란스럽지 않게 부탁 좀 드려요."

멍하게 서 있던 직원이 황급히 문을 닫으며 말했다.

"그, 그럼요! 우리 가게를 찾아주셔서 감사합니다!"

직원이 테이블에 음식과 맥주를 놓아 준 후 건에게 다가와 살짝 말했다.

"저기…… 죄송하지만 사진 한 번만……"

"아, 네 그럴게요."

직원 옆에서 다정한 포즈로 사진을 찍어준 건이 웃어주자 황송하다는 표정으로 연신 고맙다는 인사를 한 직원이 문을 열고 나갔다.

부러운 눈빛으로 건을 보던 안나가 맥주를 들며 외쳤다.

"자! 우리 마시자! 조별 과제를 위해! 치어스!"

네 사람이 각자의 잔을 높이 들었다가 시원하게 맥주를 넘긴 후 탁 소리가 나게 테이블 위에 올렸다.

앤서니가 반쯤 마신 잔을 내려놓다가 건의 잔이 한 번에 비어버린 것을 보고 놀라 말했다.

"헐? 케이 한 번에 다 마신 거야? 술 잘 마시나 보구나."

건이 비어버린 잔을 보다가 어색하게 웃었다.

"아…… 첫 잔을 한 번에 마시지 않으면 술병을 입에 대고 부어버리는 사람과 좀 오래 지냈거든…… 하하, 생각만 해도 등에 식은땀이 나네."

잠시 큰 키로 선글라스를 쓰고 자신을 내려다보던 누군가를 생각한 건이 등으로 흐르는 식은땀을 느끼며 몸을 바로 세우자 앤서니가 VIP룸 문을 열고 외쳤다.

"여기 한 잔 더요!"

곧 같은 직원이 맥주 한잔을 더 가져다준 후에야 일행들은 본격적인 수업 이야기를 할 수 있었다.

먼저 앤서니가 건의 눈치를 보며 말했다.

"음…… 일단 이번 미션은 기본적으로 경쟁이잖아, 절대평가도 아니고 상대평가니까 누군가 우리 조보다 좋은 연주를 한다면 우린 A+를 받을 수 없어. 다들 알지?"

모두 고개를 끄덕이자 앤서니가 시즈카를 힐끗 보며 말했다.

"이건 그냥 의견이니까 들어줘. 시즈카가 클래식 학과라는 이야기를 듣고 곧바로 든 생각인데, 아무래도 연주 난이도가 좀 높은 곡을 선택하는 게 어떨까 싶어. 케이도 있으니 기타와 피아노는 확실하잖아?"

안나가 고개를 끄덕이며 시즈카를 보았다.

"내 생각도 그래. 시즈카, 클래식 쪽 연주는 대부분 되는 거지?"

시즈카가 잠시 생각해 보다가 살짝 어두운 표정으로 고개를 끄덕였다.

"네, 웬만한 건 다 가능해요."

"좋아, 그럼 클래식 연주를 밴드 스코어로 바꿔보는 게 어떨까?"

"나도 찬성. 연주 난이도를 높여서 테크닉으로 다 발라 버리자!"

"호우!"

서로 맞장구를 치고 있는 안나와 앤서니와는 달리 건은 어두운 표정을 짓고 있는 시즈카를 조용히 보고 있었다. 눈치 빠른 안나가 가장 먼저 건의 시선을 느끼고 시즈카의 눈치를 보았다. 앤서니까지 말문을 닫고 시즈카를 보자 모두의 시선을 느낀 시즈카가 화들짝 놀라며 일행을 두리번거렸다.

눈을 동그랗게 뜨고 당황한 시즈카에게 건이 말했다.

"시즈카, 우린 팀이야. 뭔가 마음에 안 드는 게 있으면 말해 줬으면 좋겠어."

시즈카가 황급히 손사래를 치며 말했다.

"아, 아니에요. 그런 것 아니에요. 그냥 팀원이 같이 정한 것이면 뭐든 잘할게요."

건이 숨을 뱉으며 팔짱을 낀 후 등받이에 허리를 기대었다.

시 시즈카를 보던 안나가 분위기가 조금 처지자 자리에서 일어나며 기타 가방에서 담배를 꺼냈다.

"아…… 난 담배 하나 태우고 올게."

앤서니가 잘되었다는 듯 눈치 빠르게 일어나며 주머니에 넣어둔 담배를 챙겼다.

"나도 같이 가. 호우! 담배 친구가 있다니 기쁜데?"

안나와 하이파이브를 한 앤서니가 그녀와 함께 룸 밖으로 나가자 시즈카가 건과 단둘이 남겨진 룸의 공기가 어색한지 고개를 숙였다.

가만히 시즈카를 보고 있던 건이 따뜻한 미소를 지으며 말했다.

"음…… 시즈카? 클래식 학과라고? 난 아까 대화를 못 해서 몰랐네."

시즈카가 몸을 살짝 떨며 여전히 숙이고 있는 고개를 끄덕였다.

"네, 네? 아, 맞아요."

건이 테이블 위에 올린 손을 깍지 끼며 물었다.

"즐거워?"

시즈카의 몸이 굳었다.

고개를 숙인 시즈카의 눈동자가 떨리는 것을 본 건이 한숨을 쉬며 몸을 젖혀 등받이에 허리를 기댔다.

"즐겁지 않구나? 클래식이."

시즈카가 아무 말도 하지 않자 건이 진지한 눈으로 말했다.

"즐겁지 않다면 두 가지 방법뿐이야, 그만두던지, 아니면 즐겁게 만들던지."

시즈카가 놀란 눈으로 건을 보자 건이 씩 웃었다.

"일본에서 미국으로 유학까지 왔는데 보내주신 부모님을 생각해서라도 그만두는 건 최후의 선택이 되어야겠지. 그럼 즐겁게 만드는 것부터 시작해 볼까?"

"네, 네? 어…… 어떻게……."

"후후, 다 같이 고민해 보자고."

금방 담배를 피우고 들어오는 안나와 앤서니가 룸 안의 분위기를 살피며 들어오자 건이 맥주잔을 들며 말했다.

"자, 한 잔씩 하고, 이야기 나누자."

자리에 앉은 일행이 맥주 한 모금을 더 마시고 건에게 시선을 모았다. 건이 좌중을 한번 돌아본 후 싱긋 웃었다.

"일단 우리 각자의 실력도 볼 겸, 클래식 말고 다른 음악부터 해보는 게 어때?"

안나가 살짝 고개를 끄덕여 동조한 후 말했다.

"어떤 음악? 밴드 음악이겠지?"

앤서니가 한 손으로 턱을 괴고 말했다.

"밴드 음악 중에 키보드까지 나오는 것을 꼽아 보자. 먼저 레드제플린, 핑크플로이드, 비틀즈 정도가 생각나네. 안나는 뭐 생각나는 것 없어?"

안나가 잠시 생각해 본 후 말했다.

"그건 다 보컬 라인이 있는 곡이잖아, 물론 케이가 있으니 보컬은 걱정 없지만 그래도 실력 보는 거면 연주곡이 나을 것 같은데?"

"음…… 일리 있는 생각이다. 시즈카 넌 어때?"

가만히 대화를 듣고 있던 시즈카가 자신이 지목되자 살짝 놀란 눈으로 말했다.

"저, 저는 아, 아무거나……."

"에혀, 넌 왜 네 의견이 없냐?"

"그래, 의견 좀 말해. 너도 팀원이라고, 시즈카."

"죄…… 죄송합니다. 아직 깊게 생각해 본 적이 어, 없어서요."

안나가 고개를 절레절레 흔들다가 건을 보며 물었다.

"케이 생각은 어때?"

건이 은은한 미소를 지으며 시즈카를 보다가 안나에게 말했다.

"혹시 너희들. 유키 구라모토라는 사람 알아?"

안나가 의아한 눈으로 건을 보다가 테이블을 치며 말했다.

"어, 들어봤어. 피아니스트 아니야?"

"맞아, 시즈카의 나라인 일본 피아니스트지."

"클래식 뮤지션이었던가?"

"음…… 시작은 클래식으로 했는데 데뷔는 뉴에이지 피아니스트로 했어."

"뉴에이지? 자연숭배주의 음악 말이지?"

"응, 유키 구라모토가 1986년에 발표한 'Lake Misty Blue'라는 앨범에 'Lake Louise'라는 연주곡이 있어. 한번 들어볼래?"

안나가 핸드폰 음악 어플로 음악을 찾아 플레이를 시키자 대자연 한가운데에 놓인 그랜드 피아노를 치고 있는 자신이 상상되는 아름다운 음악이 흘러나왔다.

작은 규모의 오케스트라와 협연을 했는지 바이올린과 첼로 소리가 들리는 것을 확인한 앤서니가 고개를 살짝 끄덕이며 말했다.

"아름다운 곡이네. 난이도도 괜찮고. 첼로 라인을 베이스가 잡고, 바이올린 라인을 기타로 잡으면 되지 않을까?"

안나가 놀랍다는 표정으로 음악이 흘러나오고 있는 핸드폰을 내려다보았다.

"헐…… 나 이런 곡을 왜 처음 들어 보지? 너무 아름답잖아? 시즈카 넌 원래 알고 있었지?"

시즈카가 약간 자랑스러운 표정으로 고개를 끄덕였다.

"그럼요, 일본에서는 정말 유명한 분인 걸요."

"그렇구나. 약간 아름다운 애니메이션에 쓰일 것 같은 음악이다."

"게임이나 애니메이션에서 쓰이기도 했어요."

"오! 역시 내 귀는 정확해 하하."

조금 밝아 보이는 시즈카를 보던 건이 몸을 앞으로 숙이며 시즈카를 보았다.

갑자기 몸을 내미는 건을 보고 놀란 시즈카가 눈을 동그랗게 뜨고 몸을 뒤로 젖히자 건이 미소를 지으며 말했다.

"연주해 볼래?"

시즈카가 잠시 당황한 표정을 짓다가 미미하게 고개를 끄덕였다.

"네, 그, 그럼요. 그리 어려운 곡은 아니라서 금방 될 거예요."

건이 손가락을 까딱이며 말했다.

"피아노 말고."

"네, 네? 피, 피아노 말고요?"

"응. 피아노 말고."

"그, 그게 무슨 말씀인지……."

안나와 앤서니도 궁금한 눈빛으로 건을 보자 맥주잔을 든 건이 반쯤 남은 잔을 살짝 흔들며 웃었다.

"시즈카는 드럼을 쳐 봐."

"네?"

"케이! 무슨 말이야 그게?"

"드럼은 난데?"

건이 당황하는 세 사람을 보며 섹시한 미소를 짓자 궁금한 와중에도 건의 미소에 넋을 잃는 두 여자였다.

유일하게 정신을 차리고 있는 앤서니를 본 건이 오른쪽 송곳니를 살짝 드러내 보이며 웃었다.

"어차피 연습이잖아? 각자 전공하는 악기 말고 다른 악기로 연습해 보자. 대신, 혼자 연습하지 말고 함께 연습하고 서로 도와주기. 어때?"

조용해진 VIP룸 안에 앉은 넋을 잃은 세 사람이 서로를 보고 놀란 눈을 깜빡였다.

건이 다시 한번 일행들을 향해 손가락을 까딱이며 말했다.

"그냥 연습곡이야. 편하게 가자고, 경연에 나갈 곡은 그 후에 서로 논의해서 정하자."

♪♪♩

일본 아키타(秋田)현 오가(男鹿)시에서 태어난 시즈카는 네 살 때 농사를 짓던 부모님의 손에 끌려 동네 조그만 피아노 학원에서 처음 피아노를 배웠다.

처음 어린 시즈카의 눈에 들어온 검은색 피아노는 거대하고 반짝거렸다.

조금 무서워진 시즈카는 피아노 의자에 앉는 것만으로 울음을 터뜨렸지만, 선생님이 쳐주는 피아노 소리에 동그란 눈으로 선생님의 손가락 움직임에 맞추어 아름다운 음색을 내는 피아노를 바라보았다.

시골에서 자라 논밭을 뛰어다니며 풀벌레를 잡고, 농사를 짓던 집에서 키우는 아키타견과 노는 것이 즐길 거리의 전부였던 시즈카에게 피아노와의 첫 만남은 특별한 것이었다.

매일 유치원이 끝나면 농사일로 거칠어진 엄마 손을 붙잡고 피아노 학원으로 뛰어가 지칠 때까지 피아노 앞에 앉아 있는 것은 어느새 어린 시즈카의 일상이 되었다.

일취월장하는 시즈카의 실력을 본 원장이 시즈카의 유학을 권유했고, 부모님은 결국 시즈카가 열 살이 되었을 때 도쿄에 사는 이모 댁으로 소녀를 유학 보냈다.

도쿄 스기나미구에 살던 시즈카의 이모는 자식 없이 두 부부만 작은 집에 살고 있었다. 이모부는 작은 스키야키 집을 했는데 2층 집의 1층에는 가게를, 2층에는 주거 공간이 있었다.

자식이 생긴 기분이 든 이모는 시즈카를 위해 옥상에 작은 피아노 연습실을 만들어주었고, 이모부가 동네의 망한 피아노 학원에 부탁해 싼값에 좋은 피아노까지 구비할 수 있었다.

어린 시즈카는 부모님과 헤어져 대도시에 사는 것이 무서웠다. 정겹게 울어대는 풀벌레 대신 매연을 뿜어대는 자동차 소리가 가득하고, 언제나 손을 내밀면 까칠한 혀로 손을 핥아주던 개들 대신 본 적도 없는 무서운 외국 개들이 번쩍거리는 목줄을 하고 주인과 산책하는 것을 본 시즈카는 학교를 가는 때를 제외하고는 집 밖을 나서지 않았다.

시즈카의 유일한 친구는 옥상의 피아노였고, 소녀는 피아노를 사랑했다.

부모님이 뼈 빠지게 농사일을 해 모은 돈으로 좋은 선생님에게 비싼 레슨비를 주고 교육을 받은 시즈카는 다른 아이들과 그 연습량이 달랐다.

친구는 피아노뿐이었기에 종일 피아노 연습만 하는 시즈카를 따라올 또래 아이는 없었고, 당연히 일본 내에서 이루어지는 콩쿨을 휩쓸기 시작했다.

어린 소녀가 처음 콩쿨에 모습을 드러낼 때만 해도 갑자기 나타난 신인이 운 좋게 우승을 했다는 분위기였지만 시즈카가 받은 상이 쌓일수록 일본의 언론은 소녀에게 주목했다.

그녀가 고등학생이 되었을 때 도쿄 예술대학에서 그녀를 데려가기 위해 손을 내밀었지만, 그녀의 선택은 미국 유학이었다.

근처의 공군 기지 확장으로 국가에 땅의 일부를 팔게 된 덕분에 시즈카의 부모도 경제적 여유가 생기자 그녀의 유학을 찬성했고, 마침내 그녀는 천재들의 학교 줄리어드에 올 수 있었다.

그녀는 자신이 있었지만 설렘이 가득 담긴 부푼 가슴으로 두드린 줄리어드의 문은 그녀에게 곧 자신의 실력에 대한 실망을 줄 수밖에 없었다.

각국에서 천재라고 불리는 연주자들이 모인 줄리어드에서 그녀의 실력은 그저 평범한 중위권일 뿐, 아무도 주목해 주지 않았다. 포기하지 않은 그녀는 연습에 매진했고, 그럴수록 좌절감이 커졌다.

언제나 자신이 내는 소리를 따라 연주해 주던 친구인 피아노는 더 이상 그녀의 말을 따라주지 않는 듯했고, 점점 지쳐갔던 그녀는 마침내 피아노 연습을 하지 않게 되었다.

다행스럽게도 뉴욕은 즐길 거리가 많았기에 방학 기간을 미술 전시회를 돌며 보낸 그녀는 3학년 첫 수업에 들어가는 것도 싫었다. 그래서 선택한 과목이 바로 밴드 수업이었고, 클래식에서 조금 멀어지고 싶었던 그녀는 긴장된 표정으로 스튜디오로 향했다.

거기서 연주자라기보다는 힙합 랩퍼 같아 보이는 앤서니를 만났고, 직설적이지만 솔직해 보이는 안나를 만났다. 3학년 첫 수업이 조금은 재미있을지도 모르겠다고 생각한 그녀의 앞에 꿈에서도 보기 힘든 미남이 손을 흔들며 나타났다.

"안녕하세요, 조금 늦었나요? 미안해요."

♪♪

맥주 한잔을 걸치고 내일 만나기로 한 일행들이 흩어지고 혼자 남은 시즈카가 보도블럭에 앉아 어두운 저녁 도로를 쌩쌩 달리는 차들을 바라보고 있었다.

그녀는 방금 건이 자신에게 한 말을 되새겨 보았다.

'시즈카는 드럼을 쳐봐.'

하늘을 보며 건의 얼굴을 떠올려 본 시즈카의 얼굴이 붉어졌다가 이내 고개를 저었다.

'드럼이라니…… 갑자기 뭐지? 한 번도 안 해본 걸 갑자기 해낼 수 있을 리가 없잖아.'

잠시 그 자리에 더 앉아 있던 시즈카가 일어나 집으로 향했다. 혼자 사는 온기 없는 집에 들어선 시즈카가 술기운에 그대로 침대에 엎어져 잠을 청했다.

다음 날 아침 산새가 창가에 앉아 짹짹대는 소리에 잠이 깬 시즈카가 고개만 돌려 시계를 보고는 놀라 벌떡 일어났다.

'헉! 연습 한 시간 전이잖아!'

빠르게 샤워를 하고 대충 머리를 말리다 만 시즈카가 급한 마음에 아직 젖은 머리를 몇 번 털고는 가방을 메고 집을 나섰다.

학교에서 그리 멀지 않은 곳에 살고 있었던 덕에 다행히 시간에 맞추어 도착한 연습실은 아직 아무도 도착하지 않은 듯했다.

안도의 한숨을 쉰 시즈카의 눈에 한쪽에 설치된 금빛 야마하 드럼이 들어오자 주위 눈치를 본 후 슬쩍 드럼에 앉아 보았다. 거대한 드럼은 처음 만났던 검은 피아노보다 훨씬 더 위압감이 강했다.

베이스 드럼 위에 올려진 스틱을 들어 스네어 드럼에 살짝 가져다 댄 시즈카가 생각보다 너무 큰 소리의 울림에 깜짝 놀라며 몸을 움츠렸다.

'뭐, 뭐야! 소리 엄청 크잖아? 드럼이 원래 이렇게 큰 소리를 내는 악기였나?'

보통 공연에서는 작은 소리의 악기에 마이크를 설치해 모든 악기의 소리 크기를 비슷하게 조율한다. 평소 드럼을 만져본 적이 없는 이는 작은 연습실에서 울리는 드럼 소리를 듣고 놀라곤 하기에 시즈카의 반응은 그리 이상할 것도 없었다.

어차피 칠 줄도 몰랐기에 조그맣게 스네어 드럼을 쳐보던 시즈카의 눈에 문을 벌컥 열고 들어오는 건의 모습이 보였다.

"아! 아, 안녕하세요!"

건이 드럼에 앉아 있는 시즈카를 보며 미소를 지은 후 기타 가방을 내려놓았다.

"미안, 아무 소리도 안 들리길래 아무도 없는 줄 알았어. 노크도 안 해서 미안."

"아, 아니에요."

"그런데 드럼 앞에 앉아서 왜 소리도 안 내보고 있어? 한번 쳐 보지. 마음이 뻥 뚫리는 것 같을 텐데 말이야."

"아…… 할 줄 몰라요. 그냥 한번 앉아 봤어요."

시즈카가 드럼 의자에서 일어나려 하자 손을 들어 만류한 건이 시즈카의 옆에 선 후 팔을 교차해 보였다.

"그냥 있어. 기본기라도 알려줄게. 자, 팔을 이렇게 해봐."

시즈카가 건이 하는 대로 팔을 교차하자 건이 시즈카의 오른손에 쥐어진 스틱을 잡고 왼쪽에 있는 심벌 두 개 위에 올렸다.

"자, 이게 하이해트라고 하는 거야. 하이해트 아랫부분에 페달이 있지? 그걸 꾹 밟아봐."

시즈카가 건이 시키는 대로 하이해트 페달을 밟자 벌어진 심벌이 오므려졌다. 건이 시즈카의 발을 보더니 고개를 저으며 말했다.

"발꿈치를 들어. 발끝으로 밟는 거야. 그렇게 발꿈치를 붙이고 밟으면 금방 쥐나. 소리도 좋지 않고."

시즈카가 발뒤꿈치를 들자 심벌 두 개가 더 꼭 다물어졌다. 그것을 확인한 건이 오른팔을 흔들었다.

"자, 오른손 스틱으로 하이해트를 치는데 1, 2, 3, 4라고 말하면서 네 번 쳐봐."

시즈카가 작게 숫자를 세며 하이해트 네 번을 치자 건이 교차한 팔을 흔들며 말했다.

"자, 1, 2까지 하이해트를 치고 3에서는 왼손으로 스네어 드럼을 치는 거야. 요기 시즈카의 다리 사이에 있는 가장 가까운 드럼이 스네어야. 해볼래?"

칙! 칙! 탁! 칙!

"이…… 이렇게요?"

"응 맞아. 그럼 이번에는 발도 해볼게. 오른발 아래에 보면 드럼의 가장 큰 북인 베이스 드럼이 있어. 드럼 앞에 페달이 있지? 발을 올려봐. 하이해트와 마찬가지로 발꿈치를 들어야 해."

시즈카가 발뒤꿈치를 들자 베이스 드럼이 큰 소리를 냈다. 화들짝 놀란 그녀가 허벅지에 힘을 주고 페달을 밟지 않은 채

뒤꿈치를 들어 올리는 것을 본 건이 웃으며 말했다.

"베이스 드럼은 치지 않을 때는 밟고 있는 거야. 페달이 드럼에 붙어 있게 만드는 거지. 칠 때만 발을 움직여 올려주면 돼."

"아…… 그렇군요."

"자 그럼 1, 2, 3, 4중에 1에서는 베이스드럼을 치고 3에서는 스네어 드럼을 치는 거야, 쉽지? 해볼까?"

쿵! 칙! 탁! 칙!

"오! 잘하네~! 그걸 이어서 두 번 해볼까?"

쿵! 칙! 탁! 칙! 쿵! 칙! 탁! 칙!

자신의 손에서 드럼의 기본 박자가 연주되자 신기한 눈으로 웃음을 지은 시즈카가 기쁜 표정으로 건을 올려다보았다.

허리춤에 손을 올리고 시즈카를 내려다보던 건이 웃으며 말했다.

"그게 4분의 2박자 기본이야. 그걸 이어서 하면 세상에 존재하는 4분의 2박자 곡은 다 연주할 수 있는 거지. 시즈카! 넌 방금 오백 곡은 거뜬히 연주할 수 있는 스킬을 배운 거야!"

"아하하! 웃겨요."

"하하, 자 계속해 봐."

"네!"

건이 드럼을 알려준 지 5분도 안 되어 제대로 된 박자를 연주하게 된 시즈카가 신이 났는지 코에 땀이 차는지도 모르고 열심히 드럼에 빠졌다.

그 모습을 웃으며 지켜보던 건이 4분의 2박자를 어느 정도 연주할 수 있게 된 시즈카에게 말했다.

"여기 스네어 위에 있는 두 개의 작은 드럼을 탐탐이라고 불러 오른쪽 끝 맨 아래에 있는 큰 드럼은 베이스 탐탐이고, TV에서 보면 탐탐을 마구 휘두르는 드러머들 본 적 있지?"

시즈카가 탐탐을 쓸어 본 후 밝은 표정으로 고개를 끄덕였다.

"네! 무지 멋져요!"

"응! 시즈카도 할 수 있어. 봐봐. 스네어 드럼부터 네 번씩 치는 거야. 순서대로 말이야. 스네어 네 번, 탐탐 1번 네 번, 2번 네 번, 베이스 탐탐 네 번. 해볼래?"

"네!"

시즈카가 약간 긴장된 표정으로 드럼을 노려보다가 스네어 드럼부터 두들기기 시작했다.

두구두구, 두구두구, 두구두구, 두구두구!

건이 재빨리 소리쳤다.

"지금이야 위에 심벌을 쳐!"

챙!

시즈카가 처음 드럼의 클라이맥스를 연주하고는 기쁜 표정을 지었다. 건이 함께 웃어주며 고개를 끄덕였다.

"자, 그럼 4분의 2박자를 연주한 후에 방금 한 것까지 해볼래?"

"네, 네!"

쿵! 칙! 탁! 칙! 쿵! 칙! 탁! 칙!

두구두구 두구두구 두구두구 두구두구, 챙!

하나의 완벽한 마디를 연주해낸 시즈카가 그녀답지 않게 큰 환호성을 질렀다.

"와아! 멋지다!"

"하하, 그래 멋지네. 시즈카 꽤 소질 있는데?"

"호호, 고마워요."

"그래, 계속 연습해 봐."

"네, 케이!"

혼자 열심히 연습 삼매경에 빠진 시즈카를 내려다보던 건이 자신의 기타 가방을 열어 하쿠를 꺼냈다.

잭을 꺼내 앰프에 연결한 건이 의자를 가져다 앉은 후 신나 보이는 시즈카를 보며 작은 미소를 지었다.

'그래, 신나야 해. 재미있어야 해. 그래야 좋은 음악이 나와, 시즈카. 그리고 그것은 너를 지탱하는 힘이 될 거야.'

건이 자신의 기타를 꺼내 들었다가 앞에 설치되어 있는 키보드를 바라보았다.

잠시 기타와 키보드를 번갈아 보던 건이 기타를 스탠드에 놓아두고 키보드로 다가가 앉았다.

잠시 시즈카가 연주하고 있는 드럼비트를 타보던 건의 손이 키보드 위에 내려앉았다.

시즈카는 집중한 상태로 드럼 연주를 하던 중 건이 자신의 박자를 따라치기 시작하는 'Lake Louise'의 연주를 듣고 깜짝 놀랐다.

시즈카가 알기로 이 곡은 4분의 4박자였다. 4분의 2박자의 비트에 맞게 조금 변형해 진행하는 건의 키보드는 마치 캐나다의 넓은 자연에서 불어오는 바람을 맞으며 혼자 평원에 서 있는 기분이 들게 하였다.

아름다운 연주에 취해 손이 움직이는 것인지 발이 움직이는 것인지 모르고 정신없이 드럼 연주를 하던 시즈카가 기쁜 웃음을 지었다.

더욱 집중해 드럼 연주를 하던 시즈카는 몰랐지만, 연주 중 들어온 안나가 놀란 눈으로 시즈카를 보다가 건 옆에 앉아 기타를 세팅하고 연주에 올라탔다.

가장 마지막에 들어온 앤서니가 너무 환하게 웃고 있는 시즈카를 보고 피식 웃은 후 베이스를 세팅할 때쯤 연주가 끝이 났다.

정확한 박자에서 멈추는 법을 몰랐지만 감으로 연주를 멈춘 시즈카가 고개를 숙이고 가쁜 숨을 쉬었다.

"와아!"

"최고야, 시즈카!"

짝짝짝짝짝.

갑자기 터져 나오는 환호성에 화들짝 놀란 시즈카가 눈을 동그랗게 뜨고 이미 악기 세팅을 마치고 자신에게 박수를 보내고 있는 동료들을 보았다.

환한 표정으로 손을 앞으로 내밀고 박수를 보내주고 있는 앤서니, 양팔을 위로 들고 크게 손뼉을 치며 웃고 있는 안나, 키보드 옆 빈 부분에 팔꿈치를 올리고 작게 박수를 치며 미소 짓고 있는 케이가 자신을 보고 있었다.

눈가를 파르르 떨던 시즈카의 큰 눈망울에 눈물이 매달렸다. 기쁨의 눈물이라 미루어 짐작한 안나가 하이파이브를 하자는 듯 손을 내밀자 시즈카가 기쁜 얼굴로 손을 크게 내밀었다.

짝 소리가 나게 하이파이브를 하고 난 안나가 엄지손가락을 치켜올렸다.

"뭐야, 한 번도 안 배워봤다며, 첫날부터 이 정도면 재능 있는 거 아니야?"

앤서니가 베이스 기타에 손가락을 올린 채 고개를 끄덕였다.

"그러게 말이야. 아무래도 악기를 하던 사람이라 그런지 기본 박자 감각이 있어서 금방 늘겠다. 안나 너도 꽤 치는데?"

안나가 자신이 가져온 ESP 기타를 흔들어 보이며 말했다.

"이봐, 난 원래 기타부터 시작했다고, 어느 정도 실력이 늘다가 하도 안 늘어서 기타를 놔버렸는데, 어느 날 배우게 된 베이스 기타에 빠져 버려서 지금 이 상황까지 온 거지. 앤서니 넌 베이스 좀 쳐?"

"드럼을 치면 베이스도 배우고 싶게 되어 있어. 아무래도 베이스 드럼의 비트마다 음을 찍어주는 것이 베이스 기타니까 말이야. 하이스쿨부터 좀 배워뒀지. 그 후에는 그냥 심심하거나 드럼 연습이 지겨우면 한 번씩 치는 정도랄까? 나도 너처럼 뒤늦게 다른 악기에 빠질까 봐 무서울 때도 있지만 아무래도 내겐 드럼이 딱 맞거든, 히히 그런데 안나 그 기타는 너한테 너무 안 어울리잖아, 네가 메탈리카야?"

앤서니의 말에 안나가 자리에서 일어나 헤드뱅잉을 하며 열정적으로 기타 연주를 하는 척했다.

그 모습이 웃겼던지 시즈카가 웃음을 터트리자 한 발을 의자 위에 올린 안나가 자신 있는 표정으로 말했다.

"난 이런 임펙트 있게 생긴 기타가 좋다고. 그런데 케이! 넌 피아노를 언제 배운 거야? 못 하는 게 있긴 해? 뭐 음악 마스터야, 뭐야?"

모두의 시선이 집중되자 웃으며 어깨를 으쓱한 건이 그저 미소만 짓다가 기뻐 보이는 시즈카를 지그시 보았다.

건의 시선을 느낀 시즈카가 살짝 미소를 짓자 건이 키보드에서 일어나며 말했다.

"시즈카, 앤서니와 안나가 하는 말 들었어? 다들 한 개의 악기만 하고 있지 않아. 물론 두 개의 악기 모두 수준급으로 하라는 뜻은 아니야. 너무 힘들고 지칠 때 잠시 쉬어갈 수 있는 재밋거리를 음악이라는 테두리 안에서 가지고 있어야 한다는 거지. 잠시 딴 길로 새도 괜찮잖아?"

시즈카가 살짝 고개를 숙이며 조금 침울해진 표정으로 말했다.

"그렇지만…… 놀고 있으면 난 그만큼 도태되니까요. 여긴 천재가 발에 채일 만큼 많다는 줄리어드잖아요."

건이 드럼으로 다가가 손가락으로 심벌을 튕겼다.

"시즈카. 넌 가야 할 곳을 알고 있어. 그 길이 힘든 것뿐이지, 그렇지?"

시즈카가 작게 고개를 끄덕이자 건이 씩 웃으며 말했다.

"가야 할 곳을 알고 있다면 조금 천천히 가도 괜찮아."

건을 바라보던 시즈카의 눈빛이 초점을 잃었다. 머릿속에서 큰 종소리가 울리는 것 같은 느낌을 받은 시즈카가 멍한 눈으로 한 곳을 뚫어지게 보고 있자 눈치 빠른 안나와 앤서니가 담배를 태우러 나갔고, 건은 그런 시즈카를 지켜주었다.

잠시 시즈카를 보던 건이 피아노에 앉아 아주 작은 소리로 연주를 하기 시작했다.

　작은 소리의 연주에 마이크를 대지 않은 건의 작은 목소리
가 더해졌다.

　네 앞의 벽.

　넘을 수 없는 벽이라 느끼는 벽.

　용기없는 네가 단단하고 높다고 생각한 벽.

　그때 담쟁이 넝쿨은 조용히 그 벽을 오른다.

　벽에는 물 한 방울도 없고.

　절망스러운 황량함만 맴돌지만.

　담쟁이 넝쿨은 서두르지 않고 위로 위로 나아간다.

　단 한 뼘을 올라가더라도 천천히.

　모두의 손을 잡고 올라가는 담쟁이 넝쿨이.

　자신의 푸른 몸으로 절망의 벽을 다 덮을 때까지.

　꼭 잡은 손을 놓지 않는다.

　네가 넘을 수 없는 벽이라 고개를 떨구었을 때.

　담쟁이 넝쿨은 수천의 친구들을 이끌고.

　결국 그 벽을 넘어 선다.

　시즈카의 머릿속에 줄리어드에 와 다른 학생들과 경쟁하며
좌절했던 시간이 거꾸로 스쳐 지나갔다.

부푼 꿈을 안고 처음 도착한 뉴욕 공항의 모습을 보고 기뻐했던 자신.

일본을 떠나며 눈물 짓는 부모님의 걱정 어린 당부의 말을 듣던 때.

일본 최고의 예술대학에서 스카우트 요청을 받고, 어깨가 으쓱해지며 기분 좋은 웃음을 흘리며 거절했던 자신의 모습.

매일 이모가 만들어 준 피아노 연습실에서 더위도 추위도 잊은 채 자신의 손가락에서 나오는 소리에 감동하던 모습들.

처음 도쿄에 와 촌사람처럼 도로 위를 달리는 차들을 멍하게 보던 자신.

아키타에서 다녔던 피아노 학원 원장님의 칭찬들.

자신의 연주를 듣고 놀라던 사람들의 모습 그리고 처음 엄마 손을 잡고 만났던 피아노 학원 안의 검은 피아노.

고개를 살짝 숙인 시즈카가 몸을 떨며 작게 일본어로 속삭였다.

"나는 즐거웠는데, 분명 즐거웠는데, 분명 사랑했는데, 분명 나의 피아노를 사랑했었는데."

건이 속삭이는 시즈카의 말을 듣고 씩 웃으며 일본어로 말했다.

"あなたはまだ楽しく、まだピアノを愛することができ(넌 아직도 즐겁고, 아직도 피아노를 사랑할 수 있어)."

갑자기 들려온 일본어에 놀란 시즈카가 눈망울에 눈물을 달고 건을 보았다. 믿음직한 미소를 입가에 단 미남이 자신을 보고 있었다.

웃음이 나올 것만 같은 기분이었지만 시즈카는 울었다. 볼을 타고 흐르는 눈물을 자신의 손으로 닦은 시즈카가 기쁜 웃음을 지었지만 터져 버린 눈물샘은 한동안 멈출 생각이 없어 보였다.

건이 가방에서 티슈를 꺼내 건네자 시즈카가 티슈로 눈을 막아 버리려는지 뭉텅이의 휴지로 눈을 눌렀다.

마스카라가 다 번져 우스꽝스러운 얼굴이 되어버린 시즈카를 본 건이 자리에서 일어나 연습실을 나서며 말했다.

"애들 못 들어오게 시간 끌 테니까 거울 좀 봐, 시즈카."

시즈카가 벌떡 일어나 나가려는 건을 붙잡고 그녀답지 않은 큰 소리로 고개를 숙였다.

"고맙습니다! 고맙습니다!"

깊이 고개를 숙여 감사를 표하는 시즈카의 등을 두들겨 준 건이 다시 말했다.

"응, 알았어. 그런데 빨리 거울 좀 보는 게 좋겠다. 나갔다가 한 10분 후에 올게."

"네, 케이."

건이 나가자 혼자 남겨진 시즈카가 설치된 키보드로 다가가 건반을 쓸어보았다. 꼴도 보기 싫었던 하얗고 까만 건반들이 사랑스러워 보이는 것을 느낀 시즈카가 행복한 미소를 짓다가 건의 마지막 말을 기억해 내고 가방을 뒤져 파운데이션 뚜껑을 열었다.

잠시 거울에 비친 자신의 모습을 멍하니 보던 시즈카가 비명을 질렀다.

"꺄아아아아아아악! 케이한테 이런 꼴을 보였단 말이야?"

연습실 밖 문 옆에 기대어 주머니에 손을 넣고 있던 건의 얼굴에 미소가 걸렸다.

연습실 문에 난 조그만 창문으로 파운데이션 떡칠을 하며 울상을 짓고 있는 시즈카를 힐끔 본 건이 담배를 피우고 들어오는 안나와 앤서니의 어깨동무를 하며 말했다.

"연습할 때 목마를 테니 음료수나 사 오자."

안나가 궁금했는지 필사적으로 문에 난 창문으로 눈을 돌리려 했지만 안나의 목을 꽉 잡은 건 때문에 안의 상황을 보지 못하고 끌려갔다.

잠시 버둥거리던 안나는 마치 건이 자신을 꼭 안아주는 듯한 느낌이 좋았는지 오히려 건에게 더 안겼다.

위험 지역을 벗어났다고 생각한 건이 안나와 앤서니의 어깨에서 손을 내렸지만, 여전히 옆구리에 달라붙어 있는 안나를 황당한 눈으로 내려다보고 있을 때 옆에서 조그맣게 말하는 앤서니의 말이 들려왔다

"키…… 키스카 미오치다."

앤서니의 말에 앞을 보니 허리에 손을 올리고 볼을 부풀리며 건을 노려보고 있는 키스카가 보였다.

건이 반색하며 안나를 떼어낸 후 한쪽 무릎을 굽히고 양팔을 벌렸지만 키스카는 화난 표정을 지으며 그곳에 그대로 서있었다.

"어? 키스카, 나 안아주지 않을 거야?"

키스카가 건의 옆에 선 안나를 불만스러운 눈으로 보다가 건이 안나 쪽은 쳐다보지도 않고 자신만 바라보고 있는 것을 느낀 소녀가 쪼르르 달려와 건에게 안겼다.

건이 키스카의 머리를 쓰다듬어 주고 어디 다친 곳이 없는지 몸 여러 곳을 살핀 후 말했다.

"왜 혼자 돌아다녀? 교수님은?"

키스카가 볼을 부풀리고 건의 이마를 손가락으로 튕겼다.

아프지는 않았지만 아픈 척을 해준 건이 이마를 부여잡으며 엄살을 부렸다.

"아야! 왜 그래 힝. 무슨 일 있었어?"

키스카가 볼을 부풀렸다가 건이 엄살을 부리자 웃겼는지 배

시시 웃음을 지었다.

키스카의 웃음을 보고서야 안도감이 든 건이 소녀의 이마를 덮은 앞머리를 쓸어주다가 복도 옆 직원 전용 휴게소에서 나오고 있는 존 코릴리아노와 샤론 교수를 보고 일어나 인사를 건넸다.

"어, 코릴리아노 교수님, 샤론 교수님. 같이 계셨군요?"

존 코릴리아노가 반가운 얼굴로 건의 어깨를 툭툭 쳤다.

"그래요, 케이. 키스카가 갑자기 사라져서 찾으러 나온 길이었어요."

"아 그러셨구나. 화장실이라도 다녀왔나 봐요."

"하하, 그렇군요. 옆에는 친구들인가 보죠?"

건이 앤서니와 안나의 등을 툭툭 치며 말했다.

"네, 이번 조별 과제를 함께할 다른 학과 친구들이에요. 이쪽은 안나, 이쪽은 앤서니입니다. 한 명 더 있는데 지금 연습실에 있어요."

존 코릴리아노가 웃으며 인사를 건네는 것을 보던 샤론이 고개를 내밀며 물었다.

"연습은 잘 되어가요? 곡은 만들었고?"

건과 일행이 살짝 놀라는 표정을 지었다.

"곡을 만들어요? 연주하는 미션 아니었나요?"

"이런, 아직 전달받지 못했군요? 그 날 수업에서 잊어버리고 말을 하지 않아서 교실 벽에 공지를 붙여놨어요. 이번 미션에서 창작곡을 하는 밴드에게 추가 점수를 부여하기로 했답니다."

안나와 앤서니가 당황하다가 자신들과 함께 서 있는 건을 돌아보고는 환한 미소를 지었다.

◈ 3장 ◈
달빛 나비(1)

　샤론 교수의 말을 들은 세 사람이 고민에 찬 표정으로 연습실로 돌아오자 화장을 고치고 다소곳한 모습으로 앉아 있던 시즈카가 일행을 반겨주었다.

　부끄러웠는지 건과 눈을 마주치지 못하는 시즈카를 보며 웃어준 건이 간이 의자들을 끌어모은 후 먼저 자리에 앉았다.

　"자, 회의가 좀 필요할 것 같지? 모여보자."

　다들 각자의 자리에 앉자 안나가 먼저 말을 꺼냈다.

　"이건 좋은 기회 아냐? 우린 이미 케이라는 세계 최고의 싱어 송 라이터를 보유하고 있는 거잖아, 이건 해보나 마나 우리가 이긴 게임이야!"

　신난 표정으로 말하는 안나를 의문에 찬 눈으로 보는 시즈카에게 앤서니가 상황 설명을 해주었다.

잠시 설명을 듣던 시즈카가 그제야 안나의 말을 이해하고 맞장구쳤다.

"안나 말이 맞아요. 경쟁이 안 되겠네요, 이건."

앤서니는 잠시 고민스러운 표정의 건을 보다가 조심스럽게 물었다.

"저…… 케이 뭔가 다른 생각이라도 있는 거야?"

건이 다리를 꼬고 허벅지 위에 팔꿈치를 올린 후 손으로 턱을 괴었다.

"음…… 과연 교수님들이 원하는 것이 이게 맞는가 하고 고민하고 있어."

"응? 무슨 말이야 그게?"

안나가 의문스러운 눈을 보내자 앤서니가 허리를 젖히며 한숨을 쉬었다.

"나랑 비슷한 생각이네, 케이."

안나가 앤서니와 건을 번갈아 보며 물었다.

"뭔데? 왜 둘만 알아? 알려줘!"

앤서니가 실소를 지은 후 설명했다.

"물론 케이가 작곡이나 작사를 맡고 우리가 연주를 하면 다른 팀들과 경쟁이 안 될 만큼 수준 높은 음악이 나오긴 하겠지. 그런데 교수님들이 그걸 모를까?"

안나가 그게 뭐가 문제냐는 듯 물었다.

"알겠지?"

"그런데 왜 이런 미션을 줬을까? 케이를 좋아해서 점수를 더 주려고? 줄리어드 교수들이 말이야?"

"음…… 그건……."

안나가 얼굴 가득 의문 부호를 그리자 앤서니가 추가 설명을 했다.

"분명 케이가 작곡을 하면 패널티를 부여할 거야. 아마 케이 혼자 점수를 다 받고 우리는 C 학점을 받게 될지도 모르지. 곡의 참여도도 딱 그 정도니 뭐라 반박할 여지도 없을걸?"

"헉! 진짜?"

"거의 정확할 거야. 물론 감이긴 하지만. 케이 네 생각은 어때?"

앤서니의 물음에 건이 고개를 끄덕였다.

"맞아, 내 생각도 그래. 공정하기로 이름난 줄리어드 교수님들이야. 샤론 교수님 개인도 아니고 드럼, 피아노, 베이스 학과의 교수님들이 공동으로 심사하실 텐데 이런 조건이 들어갔다는 건 말이 안 돼."

시즈카도 고민스러운 표정을 짓다 이내 고개를 끄덕이며 동조했다.

"듣고 보니 그러네요. 이런 조건이라면 케이가 소속된 팀의 우승이 확정적인 거니까요."

안나가 허벅지를 두들기며 말했다.

"그러니까 정리해 보면, 케이가 작사 작곡하고 우리가 연주하면 우리는 케이가 운전하는 버스에 올라탄 것뿐이니 점수는 못 받는다 이거야?"

앤서니가 손가락을 튕기며 말했다.

"그렇지. 케이는 바로 그 점에 대해 고민하고 있는 거야."

안나와 시즈카가 자신들도 눈치채지 못한 부분에 대해 깊게 고민해 준 건에게 고마운 눈빛을 보냈다.

잠시 감동하는 듯한 눈으로 건을 보던 안나가 팀원들을 둘러보며 말했다.

"그럼…… 누가 작곡하는 게 좋을까? 편곡이라면 몰라도 공동 작곡을 하면 배가 산으로 간단 말이야. 누구 하나가 맡아서 하는 게 좋을 것 같지 않아? 물론 최대한 도움을 주겠지만 말이야."

서로의 눈치를 보고 있던 세 사람을 지그시 보던 건이 턱을 괸 손을 풀고 말했다.

"내 의견부터 말해도 돼?"

"응, 물론이지!"

"넌 모르겠지만 이미 이 팀의 리더는 너라고 케이! 뭐든 말해봐!"

"물론 괜찮아요, 케이. 난 언제나 당신의 말을 우선해서 들을게요."

각자 한마디씩 하며 동조하는 팀원들을 보며 웃어준 건이 입을 열었다.

"하하, 고마워. 음…… 난 이번 미션의 작가와 작곡을 시즈카가 했으면 해."

시즈카가 놀란 표정으로 스스로를 가리켰다.

"네? 제가요?"

건이 허리를 뒤로 젖히고 팔짱을 끼며 앤서니를 바라보았다. 앤서니는 잠시 시즈카를 지그시 보다가 건과 눈을 마주치고는 조용히 고개를 끄덕이며 건을 따라 팔짱을 꼈다.

"난 찬성."

안나가 두 사람을 번갈아 보다가 가만히 생각에 잠겼다.

그녀를 보던 건이 잠시 뜸을 들인 후 말했다.

"예술을 하는 사람이라면 말이야. 가끔 벽에 가로막힐 때도 있고, 그 벽을 뚫어내는 시기도 있어. 또 누에고치인 상태일 때도 있고, 나비가 되어 날아오르는 시기도 있지. 음악을 하며 사는 사람들이 평생 내는 모든 음반이 듣는 이의 마음을 움직이지는 못해. 그들도 역시 사람이라 어떤 시기에 깨달음을 얻거나 벽을 깼을 때 나오는 음악들이 비로소 사람들의 마음을 움직이지."

건이 자리에서 일어나 멍한 표정을 짓고 있는 시즈카의 어깨를 잡았다.

"난 시즈카 네가 지금 그 시기라고 생각해."

생각에 잠겨 있던 안나가 벌떡 일어나 한쪽 팔을 하늘 위로 들어 올렸다.

"좋아! 나도 찬성!"

황당한 눈으로 안나를 보던 시즈카가 자신의 어깨를 잡고 있는 건을 올려다보았다.

여전히 믿음직한 미소를 짓고 있는 건이 말했다.

"도와줄게. 날 믿어."

잠시 건을 올려다보던 시즈카의 눈빛이 달라졌다.

콩쿨 전 각오를 다지던 눈빛과는 다르게 즐거운 눈빛으로 변한 시즈카가 팀원들의 눈을 한 명씩 맞추고는 서서히 고개를 끄덕이자 안나와 앤서니가 만세를 불렀다.

"좋아! 해보자!"

"그래! 시즈카! 자신 있게 해보는 거야!"

시즈카가 웃으며 건을 올려다보자 미소를 짓던 건이 그녀의 어깨를 툭툭 두들겨 주었다.

"좋아, 3일 뒤 다시 만나자. 시즈카는 그때까지 힘 닿는 데까지 악보를 만들어와. 아참 밴드 스코어를 만들 필요는 없어. 그냥 피아노 악보면 돼. 우리도 참여해야 할 테니까."

"네, 그럴게요."

"그럼……."

무슨 말을 더 할 것 같은 뉘앙스를 풍긴 건에게 모두의 시선이 집중되자 건이 싱긋 웃었다.

"오늘도 한잔?"

"오오오오오!"

"좋아!"

"아하하, 좋아요!"

비비킹 클럽으로 향한 네 사람이 즐거운 저녁 시간을 보내고 삼일 뒤 다시 모였을 때 시즈카는 무려 여덟 곡의 악보를 그려와 건을 놀라게 하였다.

안나와 앤서니 역시 적극적으로 변한 시즈카의 모습에 웃음을 지었고, 모든 곡이 괜찮다는 평가를 받은 시즈카는 행복한 미소를 보였다.

악보를 넘겨보던 건이 물었다.

"아직 곡들에 제목이 안 붙어 있네?"

시즈카가 고개를 끄덕이며 답했다.

"음…… 실은 모두 같은 감정으로 쓴 악보라 어떤 곡을 선택

하든 제목은 정해져 있거든요."

건이 악보들을 살펴보자 모든 악보의 음표가 자주색을 띠고 있었다.

건이 눈썹을 꿈틀하며 물었다.

"애정?"

시즈카가 놀란 표정을 지으며 말했다.

"어, 어떻게 알았어요?"

건이 피식 웃으며 악보를 정리했다.

"그냥 느껴졌어. 네가 악보에 감정을 잘 실었나 보지."

안나가 자신의 손에 프린트 된 악보를 넘겨 보며 물었다.

"나, 난 안 보이는데? 앤서니 넌 느껴져?"

앤서니 역시 연신 악보를 넘겨보며 고개를 저었다.

"아니, 이해하려고 하지 마라, 쟤는 케이야. 괜히 쫓아가려다가 가랑이 찢어진다."

여전히 입을 떡 벌리고 있는 시즈카에게 건이 악보를 흔들어 보이며 물었다.

"그래서 제목은 뭐지?"

시즈카가 건의 손에 쥐어진 악보를 멍하게 보며 나직하게 말했다.

"다, 달빛 나비(Moonlight butterfly)."

건이 싱긋 웃음을 지으며 말했다.

"좋아, 좋은 제목이다. 그럼 오늘은 이 곡들을 다 연주해 보고 가장 좋은 곡을 뽑아 보자. 곡이 선정되면 나머지는 자신의 파트를 악보화해 오기로 하고, 그 시간 동안 시즈카가 작사를 해보는 것이 좋겠어."

"자, 작사를 내가 할 수 있을까요?"

"응, 그냥 아무 말이라도 써 와. 대신 네 진심이 담긴 문장이면 돼. 곡에 사용할 수 있도록 음절을 수정하는 건 내가 도와줄게."

"아…… 그렇다면 안심이에요."

"하하, 그럼 애들아 첫 곡부터 연습해 보자. 한 곡당 두 번씩 연습해 보고 최종 두 곡을 선별하자고."

죽죽 진도를 치고 나가자 신이 난 학생들이 열심히 연습 삼매경에 빠져들었고 그들은 시간 가는 줄 모르고 연습에 푹 빠져 어둑어둑해진 저녁 시간까지 연습에서 헤어나지 못하고 있었다.

키스카의 수업이 끝날 시간이 된 것을 확인한 병준이 학교 밖 흡연구역에서 담배를 피우다 건이 연습하고 있는 스튜디오로 들어왔다.

미리 안면을 튼 경비 아저씨에게 인사를 하고 스튜디오로 다가가고 있는 병준의 귀에 밝고 아름다운 연주 소리가 흘러 들어왔다.

잠시 발걸음을 멈추고 주머니에 손을 넣은 채 음악을 듣고 있던 병준이 피식 웃음을 지었다.

"아무리 좋으면 뭐해, 연주곡인데. 나랑 관계없지 뭐. 그나저나 건이 이놈이 있는 연습실이 여기였나?"

연습실 문에 난 조그만 창문을 훔쳐보던 병준이 이채를 띠었다.

"어? 이 음악이 여기서 나는 거였구나? 하긴 건이 소속된 팀이니 이 정도 음악이 나오는 거겠지. 연주곡은 알지도 못하는 내 걸음이 멈춘 이유가 있었군."

병준의 눈에 기타를 들고 뭔가 지시를 하고 있는 건의 맞은 편에 있는 키보드에 앉아 있는 청순하고 아름답게 생긴 동양 인 여성이 들어왔다.

피아노 앞에 앉은 그녀는 하얀색 원피스를 입고 긴 생머리를 늘어뜨리고 집중하는 표정을 짓고 있었다.

"휘익, 건이 주변에는 항상 미녀만 꼬이네. 반대편에 베이스 기타를 든 여자애는 좀 천방지축처럼 보이지만 그래도 꽤 미녀고 말이야."

구경하고 있던 병준을 본 건이 황급히 벽에 걸린 시계를 보고는 놀라며 다가와 문을 열었다.

"아, 형 미안해요. 시간이 벌써 이렇게 됐는지 몰랐네요. 키스카는요?"

병준이 연습실 안의 학생들을 쓱 돌아보며 말했다.

"어, 먼저 와서 차에서 기다리다가 잠들었다. 언제 끝나?"

"미안해요, 지금 정리할게요."

건이 기타를 챙기며 팀원들에게 말했다.

"그럼 아까 말한 대로 1번이랑 6번 곡으로 가자. 다들 괜찮지?"

"네! 우리도 그게 좋아요."

"난 처음 악보를 볼 때부터 그 두 곡을 찍었지."

"웃기네! 연주해 보기 전에는 어떤 곡인지도 몰랐으면서!"

"드러머라고 무시하냐? 나도 악보 볼 줄 알거든?"

티격태격거리는 안나와 앤서니를 보며 웃음 지은 건이 기타가방을 매며 시즈카에게 말했다.

"시즈카, 그럼 두 곡에 가사를 붙여봐 줘. 모레쯤 다시 모이자."

시즈카가 나가려는 건에게 황급히 물었다.

"몇 시요?"

건이 다시 들어와 핸드폰을 내밀었다.

"전화번호 찍어 줘."

시즈카가 놀란 표정을 짓다가 건의 전화에 자신의 전화번호를 찍었다.

건이 전화기를 귀에 대본 후 다시 내리며 말했다.

"신호 갔을 거야. 내 전화번호니까 저장해 두고, 시간은 그냥 정해서 통보해 줘. 기다리는 사람이 있어서 먼저 갈게. 그럼 모레 봐! 시즈카, 연락해 줘."

건이 연습실을 뛰어나가자 황급히 가방에서 자신의 핸드폰을 꺼내 확인한 시즈카가 액정을 확인하고 얼빠진 표정을 지었다. 연습실 문을 멍하니 바라보는 시즈키의 모습에 안나가 재빨리 전화기를 뺏어 케이의 전화번호를 받아 적었다.

"아싸 케이 전화번호 겟!"

아직 정신을 차리지 못한 시즈카가 안나가 돌려주는 전화기를 멍하게 보다가 말했다.

"진짜 케이 전화번호라니⋯⋯."

정신을 차리지 못하고 있는 시즈카를 뒤로 하고 건과 함께 학교 복도를 지나던 병준이 연습실에서의 대화를 기억해 내고 건에게 물었다.

"방금 그 곡. 가사가 있는 곡이었어?"

"아직은 없어요, 이제 만들어야죠."

"네가 만든 곡이야?"

"아뇨, 시즈카가 만든 곡이에요. 아까 연습실에서 본 일본인 여자애요."

팔짱을 낀 병준의 눈이 깊어졌다.

"음…… 그렇단 말이지? 이름이 뭐라고?"

건이 병준을 돌아보며 말했다.

"시즈카, 시즈카 미야와키예요."

♪♪

입김이 나와 담배 연기인지 입김인지 분간이 되지 않는 겨울밤.

레드 캐슬의 별채 앞 그네에 앉은 병준이 중국에 있는 린과 통화를 하고 있었다.

매번 진지하기보다는 유머 있던 병준이 그답지 않게 진중한 표정으로 통화를 이어가고 있었다.

"그러니까 실장님 말씀은 그 시즈카 미야와키라는 일본인 여성과 계약을 하고 싶다는 것인가요?"

"네, 이사님. 맞습니다."

"가수가 아니라 피아니스트라고 들었는데, 그래도 계약을 추진하겠다는 말씀인가요? 우리 팡타지오는 클래식 뮤지션을 받아들인 경험이 없어요."

"본인의 길을 아직 확정하지 않은 것 같습니다. 클래식이 될지 뉴에이지가 될지 아직 알 수 없습니다만, 분명 스타성과 음악성을 갖추고 있습니다."

"스타성이요? 외모 말인가요?"

"네, 매우 청순하고 귀여운 타입입니다."

"성격은 어떤가요?"

"전형적인 일본인 여자 대학생이라고 보시면 됩니다. 부끄러움이 많고 남에게 피해를 주지 않으려는 것 같습니다. 아, 물론 직접 대화를 나눠본 것이 아니라 건이의 이야기라 확실하지는 않습니다. 허락해 주시면 직접 만나보려 합니다."

"그분을 데려온다면 우리가 기대할 수 있는 기대 효과는 어떤 것인가요?"

병준이 손가락에 끼우고 있던 담배를 입에 물고 깊게 한 모금을 빨아들였다.

"지금은 없습니다."

"네? 무슨 말씀인가요?"

"지금은 건이가 도와줘야 할 시기입니다. 하지만 제가 들은 그 음악이 꽃을 피우고 나면 나중에 오히려 건이에게 도움이 될 겁니다."

"음…… 무슨 도움이 될 것 같나요?"

병준이 문이 닫힌 별채를 슬쩍 바라본 후 말했다.

"건이는 기타리스트입니다. 또한, 보컬리스트이기도 하죠. 그에게는 아직 마음을 주고 믿을 만한 세션 멤버가 없습니다.

밴드를 구성할 생각도 아직은 없어 보이죠. 만약 건이가 졸업 후 솔로 뮤지션을 지향한다면 시즈카는 건에게 믿을 만한 키보드 세션 멤버가 되어줄 것입니다. 또 밴드를 결성한다면 역시 믿음직한 밴드의 키보드 멤버가 되어줄 수 있을 겁니다."

"흐음…… 그렇군요. 그런데 그것이 꼭 프로 뮤지션이 아닌 아직 학교를 졸업하지 않은 시즈카 미야와키가 되어야 할 이유는 무엇이죠?"

"저는 건이의 매니저입니다. 건이가 그저 그런 밴드, 혹은 세션 멤버와 일하게 하고 싶지 않습니다. 아무리 유명하고 실력 있는 세션 멤버라 하여도 그들은 말 그대로 세션일 뿐입니다. 대중들은 세션에 대해 알지 못하죠. 아마 일부 음악에 관련된 업종 종사자거나, 일반인 중에서도 음악에 관심이 높은 사람들이나 세션맨에 대해 알 겁니다."

병준이 담뱃재를 털며 숨을 고른 후 말을 이었다.

"키보드가 시작입니다. 저는 이후 건이와 함께할 모든 멤버들을 스타로 구성할 생각입니다. 밴드가 인기를 얻은 후 스타가 되는 것이 아니라, 이미 스타여야 합니다. 그래서 건이 밴드를 구성했을 때 그 멤버들만으로도 세간에 화제가 되고, 그것 자체가 마케팅이 되길 원합니다."

"……그렇군요."

"허락해 주지 않으시겠습니까, 이사님?"

전화기 너머의 린은 한참 고민하는 듯 말이 없었다.

긴장된 표정으로 새 담배를 꺼내 불을 붙인 병준이 초조한지 다리를 떨며 연기를 뻐끔거렸다.

한참 수화기 너머의 침묵에 설득의 마음을 담아 보내던 병준의 귀에 린의 말이 들렸다.

"좋습니다, 계약하세요."

병준이 기쁜 표정으로 자리에서 벌떡 일어났다.

"가, 감사합니다, 이사님!"

"단."

"예?"

"건 씨와 협의하세요. 이번 건은 건 씨의 도움이 필요한 일로 보이네요."

"네, 알겠습니다, 이사님. 그런데 구체적으로 어떤 도움을 요청하면 될까요?"

"건 씨 성격상 나중에 자신에게 도움이 되는 사람을 미리 섭외한다는 말을 하면 거부감을 느낄 수 있습니다. 건 씨가 벽에 가로막힌 시즈카 양에게 도움을 주었다고 했었지요? 도움이라는 키워드에 집중해서 시즈카 양이 바로 일어설 수 있도록 도와 달라고 하세요."

병준이 곤란한 표정을 지으며 잠시 침묵을 지켰다. 담배를 입에 물고 한참 그네 앞으로 오가던 병준이 조심스레 말했다.

"저…… 린 이사님. 건방진 소리로 들릴지 모르지만 들어주셨으면 좋겠습니다.

"음? 네, 말해보세요."

병준이 건이 자고 있는 별채의 불 꺼진 방을 바라보며 한숨을 쉬었다.

"저와 건이는 단지 매니저와 연예인 사이가 아닙니다. 오래 함께 지내며 진짜 친동생 같은 느낌을 가지게 되었습니다."

"좋은 현상이군요. 잘하고 계십니다. 그런데 그게 왜요?"

"저는 건이에게 어떤 거짓말도 하고 싶지 않습니다, 이사님."

전화기 너머의 린이 잠시 침묵을 지켰다.

긴장된 표정의 병준이 다시 말을 이었다.

"저는 건이가 잘 되길 바라고 있습니다. 이사님도 마찬가지고요. 이번 건 역시 미래의 건이가 더 큰 날개를 펼칠 수 있도록 복선을 만드는 과정이기에 일정 부분을 숨기려 하시는 것이라고 생각합니다. 하지만 이사님. 건이 입니다. 얼마나 순수하고 착한 아이인지 아시지 않습니까?"

"음…… 계속해 보세요."

"작은 거짓말도 작은 숨김도 없었으면 합니다. 만에 하나라도 나중에 건이가 속았다거나, 자신을 이용하려 했다는 생각으로 저에게, 혹은 이사님에게, 넓게는 팡타지오에 실망하게 하고 싶지 않습니다."

"지금 우리가 하는 이야기를 건 씨가 알게 되었을 때 실망하게 될까요?"

"이 일은 아닐지도 모릅니다. 하지만 이러한 일들이 쌓여가고 있습니다. 아시지요? 거짓은 그 거짓을 가리기 위해 계속 불어나게 됩니다. 지금 같은 일들이 계속 생기면 우리는 나중에 더 큰 거짓을 말하게 될 겁니다."

"음……. 그렇군요."

"이사님은 아실 겁니다. 제가 소속 연예인에게 절대 반말을 하지 않는다는 것을요. 하지만 건이에게는 다릅니다. 아이가 착하고 만만해서 그러는 것이 아닙니다. 진짜 제 동생 같고, 더 챙겨주고 싶습니다."

"매니저로서 실격인 말이긴 하지만 이해는 되네요."

"하하, 솔직히 린 이사님도 마찬가지 아닙니까?"

"음…… 그건 그렇지만 나는 팡타지오의 이사입니다. 실장님과는 다른 위치이죠. 하지만 당신의 말이 옳다고 생각합니다."

"이해해 주셔서 감사합니다, 이사님."

"이번 건은 실장님께 확실히 맡기겠습니다."

"고맙습니다, 이사님. 하지만 시즈카 양의 마케팅은 도와주셔야 합니다?"

"호호, 물론입니다."

"하하, 감사합니다. 그럼 내일 바로 건이와 이야기하고 시즈카 양을 만나보겠습니다."

"알겠습니다, 실장님. 잘 부탁합니다."

"네, 이사님 그럼 쉬세요."

병준이 전화를 끊으려다가 손린이 윗사람인 것을 생각하고 상대가 먼저 끊기를 기다렸지만, 전화기에서는 한참 동안 전화가 끊어지는 소리가 들리지 않았다.

의아한 생각에 먼저 끊어야 하나 고민을 하던 병준의 귀에 한참 만에 린의 음성이 들려왔다.

"……이병준 실장님?"

"아, 네 이사님. 더 말씀하실 것이 있으세요?"

린이 잠시 숨을 고른 후 조금 밝은 목소리로 말했다.

"당신이 건 씨의 매니저라 참 다행입니다."

린의 말에 입으로 담배를 가져가던 병준의 손이 멈추었다.

잠시 린의 말에 숨은 뜻을 찾기 위해 눈을 굴리던 병준의 입가에 조그마한 미소가 걸렸다.

"건이의 일에 대한 최종 책임자가 이사님이라 저도 다행이라고 생각합니다."

전화기 너머에서는 침묵이 흘렀지만, 병준과 린은 동시에 미국과 중국에서 미소를 짓고 있었다.

잠시 침묵하며 린의 숨소리를 듣고 있던 병준이 씩 웃으며 말했다.

"그럼 쉬세요, 이사님."

"네, 실장님도 푹 쉬세요."

전화를 끊은 병준이 담배를 입에 물고 하늘을 보았다. 잠시 웃음을 짓던 병준이 별채 문을 열고 들어가 먼저 꿈나라로 간 건의 방문을 조용히 열었다.

따뜻한 마음으로 문을 연 병준의 표정이 순식간에 일그러졌다.

"야! 너 또 키스카랑 자냐!"

건의 침대 위에 어느새 몰래 숨어들어 와 건의 허벅지를 베고 자던 키스카가 병준의 외침에 놀라 눈을 비비며 일어났다.

건 역시 몸을 움찔거리며 고개를 돌려 병준을 본 후 아래에 있는 키스카를 보더니 피식 웃으며 키스카를 들어 올려 자신의 품에 안았다.

졸린 눈을 비비며 건의 이불 안에 들어온 키스카가 눈을 감자 병준이 다시 외쳤다.

"키스카! 나한테는 왜 안 와? 나도 너 예뻐하잖아!"

몸을 옆으로 돌려 누워 키스카를 안고 눈을 감고 있던 건이 피식 웃으며 손을 휘휘 저었다.

가만히 두 사람을 내려다보던 병준이 한숨을 쉬며 허리춤에 손을 올리고 있다가 벌써 새근새근 잠이 들어버린 키스카와 키스카의 머리를 쓰다듬어 주고 있는 건을 보고 실소를 지었다. 병준이 방을 나서며 조용히 말했다.

"키스카, 케이가 이상한 짓 하면 소리 질러. 바로 뛰어올 테니까."

눈을 감고 있던 건이 나직하게 웃음을 터뜨리는 것을 본 병준이 따뜻한 눈으로 건을 내려다보다 조용히 문을 닫고 거실로 나왔다.

♪♪♪

다음 날, 유모의 손을 붙잡은 키스카가 씻기 위해 본채로 가자 김치찌개를 끓이던 병준이 샤워실에 있던 건에게 소리쳤다.

"건아! 다 됐다!"

수건으로 젖은 머리를 말리던 건이 목에 수건을 두르고 식탁으로 다가오며 코를 벌름거렸다.

"우왓! 김치찌개?"

병준이 주방 장갑을 손에 끼고 냄비를 들고 식탁으로 와서 냄비 받침대 위에 찌개 냄비를 올렸다.

"으차, 뜨거워라. 너희 어머니가 김치 보내셨다. 이 형이 자취 생활만 10년 아니냐, 솜씨 좀 부려봤지."

건이 황급히 숟가락을 들어 찌개를 맛본 후 엄지손가락을 치켜세웠다.

"카! 죽이네요. 형도 드세요."

"그래, 많이 먹어라. 그리고 먹으면서 들어."

병준이 어제 린과의 대화 내용을 설명했다. 정신없이 밥을 먹던 건이 잠시 병준의 말에 귀를 기울이는가 싶더니 이내 다시 식사에 열중하기 시작했다.

병준은 나름 건이 거부감을 느낄 거라는 대목을 조심스럽게 설명했지만 게걸스럽게 찌개를 먹어 치우고 있는 건을 보고는 인상을 찌푸렸다.

"야, 내 말 듣고 있냐?"

건이 입에 문 찌개 국물을 닦으며 고개를 끄덕였다.

"듣고 있어요."

병준이 젓가락을 들어 다시 찌개에 숟가락을 들이미는 건을 손을 찌르며 말했다.

"진지하게 말하는데 이놈아, 좀 진지하게 들어라."

건이 피식 웃으며 젓가락을 피해 찌개 냄비에 숟가락을 넣으며 말했다.

"됐어요. 형이 하고 싶은 대로 하세요."

병준이 눈썹을 꿈틀거리며 건을 뚫어지게 보자 다시 한번 숟가락을 입에 넣고 빨던 건이 미소를 지었다.

"나 형 믿어요. 아마 우리 가족보다 더."

병준의 눈가가 파르르 떨리는 것을 본 건이 숟가락을 내려놓으며 병준의 팔을 툭 쳤다.

"형이 나 잘못되라고 하는 일이 있을 리 없잖아요? 시즈카에게도 잘해주실 거죠?"

병준이 말을 잇지 못하자 건이 이를 드러내며 웃은 후 다시 숟가락을 들었다.

"도와줘야 할 부분은 뭐든 도와줄게요. 시즈카라는 한 명의 뮤지션이 이대로 묻히는 건 아까우니까. 그리고 일일이 설명해 줘서 고마워요. 난 형을 믿고 있으니까, 형이 하는 일도 다 믿어요. 그러니 아침 먹어요, 오늘도 연습 가야 하니까."

다시 밥그릇에 얼굴을 파묻고 식사에 열중하는 건의 모습을 보던 병준이 소리가 나지 않게 입을 뻐끔거렸다.

"고맙다, 자식아."

♪♫

연습 전 잠시 시간을 내 병준을 미리 만난 시즈카는 연습 시간 내내 집중하지 못했다. 하지만 역시 클래스가 있던 그녀는 집중하지 못하는 와중에도 멤버들의 연습에 지장이 가지 않도록 자신의 역할을 다했다.

그런 시즈카를 물끄러미 보던 건이 연습을 끊고 안나와 앤서니에게 말했다.

"잠깐 쉴까? 담배 피울 시간 된 것 같은데."

안나가 반색하며 베이스 기타를 놓고 담배를 챙기자, 앤서니가 시즈카와 건의 눈치를 본 후 안나와 함께 연습실을 나섰다.

앤서니가 방을 나서는 것을 바라보던 시즈카가 문이 닫히자마자 건에게 황급히 말했다.

"케이! 팡타지오가 날 찾아왔었어요!"

건이 미소를 지으며 기타를 스탠드에 세워둔 후 간이 의자에 앉아 팔짱을 꼈다.

"내가 모를 거라 생각해?"

시즈카가 살짝 상기된 표정으로 말했다.

"아마 알고 있겠죠? 나 어쩌죠? 계약해야 할까요? 아니, 내가 잘해낼 수 있을까요?"

건이 조용히 미소를 지은 채 상기된 표정으로 횡설수설하는 시즈카를 바라보았다.

그녀는 흔들리는 눈동자로 건에게 조언을 구하듯 속사포같이 빠르게 말했다.

"팡타지오는 어떤 회사인가요? 케이의 회사니까 당연히 거대 기업이겠죠? 사람들은 어때요? 혹시 나도 그 손린이라는 분이 맡아주실까요? 이병준 실장님은 좋은 사람인가요?"

건이 팔짱을 낀 채 팔꿈치를 허벅지에 대고 몸을 숙이며 고개를 삐딱하게 젖히고 시즈카를 바라보며 웃자 시즈카가 눈을 동그랗게 떴다.

"왜 대답을 안 해주세요, 케이?"

건이 씩 웃으며 검지를 들어 올렸다.

"첫 번째 질문이 계약해야 하냐는 거였지? 그런데 시즈카는 이미 팡타지오에 들어온 것 같은 고민을 하고 있네. 이미 마음의 결정은 한 것 아니야?"

시즈카가 멍하게 건을 보다가 이내 얼굴을 붉히며 손가락을 꼼지락거렸다.

부끄러웠는지 빨갛게 달아오른 볼을 매만져 본 시즈카가 살짝 눈을 들어 아직도 웃으며 자신을 바라보고 있는 건을 힐끔 보았다.

"사, 사실은 기뻤어요. 다른 곳도 아니고 팡타지오잖아요. 케이의 회사…… 전 세계에서 팡타지오를 모르는 나라는 없으니까요."

건이 몸을 뒤로 젖혀 등받이에 등을 기대고 가만히 시즈카를 바라보자 그녀가 건과 눈을 마주치지 못하고 계속 말을 이었다.

"파, 팡타지오와 계약한다는 것만으로 엄청 화제가 될 거란 것. 그건 잘 알고 있어요. 하지만 한편으로는 자신이 없어요. 팡타지오는 케이의 회사잖아요. 저 같은 보통 사람이 들어가도 되는 회사인지 걱정돼요. 괜히 민폐만 끼치는 게 아닐까요?"

건이 갑자기 자리에서 일어나 시즈카의 앞에 서서 오른손을 내밀었다.

갑자기 내민 손을 놀란 눈으로 보던 시즈카가 건을 올려다 보자 건이 미소를 지으며 말했다.

"가사, 써왔어?"

갑작스러운 말에 잠시 정신을 차리지 못한 시즈카가 잠시 멍하게 있다가 황급히 가방에서 접어 둔 종이를 꺼내 내밀었다.

"아, 아직 완성은 아닌데, 제 머리에서 나오는 건 다 정리해 뒀어요."

접어 둔 종이를 펴고 있는 건을 긴장된 눈으로 보던 시즈카가 건이 간이 의자로 돌아가 앉으며 가사를 읽어보는 것을 보고 더욱 초조한 눈빛을 보였다.

엄지손톱을 깨물며 건의 표정을 살피던 시즈카가 건의 얼굴이 서서히 밝아지는 것을 보고는 안도의 한숨을 쉬었다.

건이 한참 시즈카가 쓴 가사를 음미하다 펜을 들어 몇 곳을 고친 후 내밀었다.

"전체적인 가사는 전혀 건드리지 않았어. 단지 음율이 맞아 들어가야 할 부분에 단어만 좀 고쳤으니 확인해 봐."

시즈카가 건이 내민 종이를 받아 들고 열심히 읽고 있는 것을 본 건이 나직하게 말했다.

"도와줄게."

시즈카가 들고 있는 종이로 눈 아래를 가린 채 건에게 눈을 돌렸다. 따뜻한 미소를 짓고 있는 건의 얼굴을 보는 것만으로 마음이 편해지는 것을 느낀 시즈카가 두방망이질 치는 가슴으로 물었다.

"잘할 수 있을까요?"

건이 자리에서 일어나 스탠드에 세워둔 하쿠를 쓰다듬었다.

"굳이 잘할 필요 없어. 팡타지오는 네가 네 음악을 할 수 있도록 도와주는 곳이야. 계약해. 하지만 계약서에 사인하는 순간 팡타지오는 잊어버려. 넌 그냥 네 음악을 하면 돼. 음악에 대해서만은 내가 도와줄게."

시즈카가 건을 뚫어지게 보다가 자리에서 일어나 정중히 고개를 숙였다.

"잘 부탁합니다, 선배님."

건이 웃음을 터뜨리며 손사래를 쳤다.

"하하! 선배님은 무슨. 그럼 이제 집중해서 연습해 보자. 알았지?"

"네!"

잠시 후 연습실로 돌아온 안나가 상기된 표정으로 문을 벌컥 열었다.

"시즈카! 너 팡타지오랑 계약한다며?"

앤서니 역시 놀란 표정으로 뛰어들어와 건과 시즈카를 번갈아 보았다. 시즈카가 약간 놀란 표정으로 안나와 앤서니를 보자, 앤서니가 흥분을 가라앉힌 후 말했다.

"흡연구역에서 케이의 매니저를 만났어. 나중에 정식으로 계약하려 했는데 만난 김에 구두로 말해주겠다고 하더라. 시즈카와 계약 시 지금 연습하고 있는 곡을 데뷔곡으로 할 텐데 함께 참여한 안나와 나도 세션맨으로 단기 계약을 하지 않겠냐고 말이야."

안나가 흥분에 찬 눈으로 외쳤다.

"세션 금액이 얼마인지 알아? 투어도 없이 녹음만 달랑 한 곡하는 건데 무려 삼만 달러래! 그냥 숙제하러 왔다가 이게 왠 횡재야! 시즈카 덕분이야! 아니 케이 덕분인가?"

시즈카가 놀란 눈만 깜빡이고 있자 건이 스탠드에 세워둔 기타를 허벅지에 올리며 웃었다.

"그래서, 계약하기로 했어?"

안나가 건의 어깨를 툭 치며 외쳤다.

"당연하지! 삼만 달러라고! 케이 너에게는 적은 돈일지 모르지만, 앤서니나 나한테는 엄청난 금액이야!"

건이 조금 진지해진 눈으로 앤서니를 보았다. 상기된 표정의 앤서니가 건을 마주 보자 잠시 눈을 마주치며 침묵하던 건이 말했다.

"그 삼만 달러가 무슨 의미인 줄은 알지?"

앤서니가 의문에 찬 눈빛을 보이자 옆에 있던 안나가 나서며 물었다.

"의미? 무슨 의미가 따로 있어?"

건이 보면대에 있던 악보를 들어 올리며 말했다.

"너희 두 사람이 참여했던 이 곡. 이 곡의 저작권이 고스란히 시즈카에게 간다는 뜻이야. 너희 둘은 그 삼만 달러를 받고 저작권을 요구해서는 안 되는 세션맨이 된다는 의미고. 그래서 일반적인 세션과는 다르게 높은 금액을 준 걸 거야."

앤서니가 잠시 건이 들어 올린 악보를 보다가 시즈카에게 눈을 돌렸다. 돌아가는 상황을 눈치챈 시즈카가 미안한 표정을 지어 보이자 잠시 고민하던 앤서니가 씩 웃었다.

"어차피 저거 시즈카 곡이잖아? 우린 기껏해야 내 악기 파트를 기본 뼈대에 맞게 넣은 것뿐이야. 그것만으로 삼만 달러면 분에 차고 넘치는 보상이지."

안나 역시 크게 고개를 끄덕이며 말을 보탰다.

"그럼! 거기다 시즈카가 유명해지면 난 시즈카의 데뷔 앨범 세션을 했다는 커리어도 남게 되지. 우리가 한 일에 비해 보상이 큰 거야. 충분히 만족하니까 미안한 눈으로 보지 마, 시즈카."

시즈카가 여전히 미안한 표정을 짓고 있었다.

그 모습에 건이 살짝 웃으며 말했다.

"좋은 친구들이네. 시즈카, 그럼 문제는 다 해결된 것 같으니 연습해 볼까?"

표정을 밝게 바꾼 시즈카가 안나와 앤서니를 보며 웃었다.

"네! 그래요!"

"좋아! 연습이다!"

"이렇게 된 바에 전력투구해야겠어! 내 음악이 팡타지오의 음반에 실리다니! 당장 오늘 밤에 엄마한테 전화해서 자랑해 야지! 으하하!"

기분이 좋아진 멤버들이 연습에 박차를 가했다.

스튜디오 클래스 당일.

네 사람의 밴드는 줄리어드 심사위원을 맡은 일곱 명의 교수에게 기립박수를 받았다.

특히 작사와 작곡을 맡은 시즈카의 담당 교수인 피아노과 교수는 학생들 사이에서 빛을 발하지 않았던 시즈카에게 크게 놀라며 연신 웃음을 지었다.

노래는 건이 했지만, 작사를 시즈카가 했다는 말과 팡타지 오와 정식 계약을 했다는 말을 들은 교수는 너털웃음을 지으며 시즈카의 어깨를 토닥거려 주었다.

스튜디오 클래스가 끝나고 자축의 파티를 하는 팀원들의 회식 자리. 처음 만났을 때 회식을 했던 가게의 VIP 룸을 다시 빌린 네 사람이 잔을 높이 들었다.

"치어스! 우리가 1등이다!"

"하핫! 난 처음 케이가 연습실 문을 열고 나타날 때부터 예상했었지!"

"아아, 전 줄리어드 와서 A+를 처음 받아봐요!"

"다들 수고 많았어."

흥분에 차 떠들어대는 세 사람을 미소 띤 얼굴로 바라보고 있던 건이 갑자기 열리는 룸의 문 쪽으로 고개를 돌린 후 약간 놀란 표정으로 말했다.

"린 이사님?"

건의 말에 동시에 문 쪽으로 고개를 돌린 세 사람의 눈이 커졌다.

물빛 스커트에 하얀 블라우스, 검은 코트를 입고 선글라스를 쓴 린이 룸 안으로 들어와 선글라스를 벗으며 말했다.

"오랜만이에요, 케이."

"미국까지 오신 거예요? 이쪽에 앉으세요."

건의 옆자리에 앉아 있던 앤서니가 어정쩡하게 일어나 린에게 자리를 내어주자 고개를 살짝 숙여 감사를 표한 린이 건의 옆에 앉으며 멤버들을 둘러보았다.

조금 전까지 신나게 떠들어대던 멤버들이 침을 삼키는 소리라도 날까, 숨도 조심스럽게 쉴 무렵 린의 입이 열렸다.

"학교 수업은 오늘까지. 이제 음반 작업과 뮤직비디오 제작을 들어가야 할 때입니다."

건은 이미 예상했었기에 놀라지 않았지만 시즈카는 살짝 놀란 표정을 지었다.

"뮤, 뮤직비디오요? 제, 제가 직접 출연해야 하나요?"

린이 미소를 지으며 고개를 끄덕였다.

"시즈카 미야와키라는 뮤지션을 데뷔시키는 뮤직비디오에 당신이 출연하지 않으면 안 되겠죠."

시즈카가 생각지도 않았다는 듯 멍한 표정을 짓자 맥주를 한 모금 마신 건이 물었다.

"이번 뮤직비디오도 린 이사님이 직접 편집하실 건가요?"

린이 고개를 저으며 말했다.

"그러고 싶었습니다만, 이번 기회에 팡타지오에 매일 같이 전화해서 진상을 부리던 감독에게 이 일을 맡기고 전화 응대에 드는 공수를 아끼고 싶네요."

건이 고개를 갸웃하며 의문스럽게 물었다.

"매일 전화를 해 진상을 부리는 감독이요?"

린이 한숨을 쉰 후 건과 시즈카를 번갈아 보며 말했다.

"정확히는 케이를 찍고 싶은 거겠지만, 이번 뮤직비디오는 시즈카와 케이를 동시에 출연시킬 생각입니다. 시즈카 양의 앨범이지만 아무래도 노래하는 쪽은 케이니까요. 몇 년 전부터 케이를 내놓으라고 일주일에 한 번은 회사로 전화해 난리를 치던 감독이 이번 일을 맡을 겁니다."

건이 고개를 앞으로 돌리고 잠시 생각에 잠겼다가 눈을 동그랗게 뜨고 린을 보았다.

린은 건이 눈치챘다는 것을 알고는 고개를 살짝 끄덕이며 시즈카를 보았다.

"동화 속을 거니는 감독. 팀 커튼입니다."

안나와 앤서니가 경악한 표정으로 외쳤다.

"에…… 예?"

린이 두 사람의 반응은 아랑곳하지 않고 건을 보며 한숨을 쉬었다.

"휴, 어찌나 끈질긴지…… 촬영에 몇 개월이나 걸리는 영화보다는 하루 정도면 끝나는 뮤직비디오로 달래는 것이 나을 것 같다는 판단으로 결정한 것입니다. 괜찮지요?"

건이 웃음을 터뜨리며 시즈카를 본 후 린에게 고개를 돌렸다.

"제가 엎드려 부탁드려야 할 입장 아닌가요? 보통 감독님도 아니시고 말이에요. 기대되네요. 한번 해봐요."

위싱턴에 있던 팀 감독이 한달음에 날아왔다.

맨하튼 시내에 있는 크라운 플라자 호텔에서 건과 시즈카를 만나기로 한 팀이 호텔 10층에 있는 스카이라운지에서 커피를 마시며 린이 만든 대략적인 뮤직비디오 분위기를 나타낸 콘티를 뚫어지게 보고 있었다.

한참 콘티를 넘겨보던 팀이 턱을 쓰다듬으며 콘티를 테이블 위에 올려놓은 후 몸을 뒤로 젖혀 소파에 몸을 깊숙하게 밀어 넣었다.

"음…… 애니메이션 같은 느낌이어야 하는 건가?"

잠시 호텔 스카이라운지의 천장 장식을 바라보며 생각에 잠겼던 팀이 아무도 없는 스카이라운지의 엘리베이터가 움직이는 소리에 고개를 돌렸다.

잠시 소리를 울리던 엘리베이터의 문이 열리고 사람이 내리는 것을 본 팀이 벌떡 일어나 양팔을 벌리며 환하게 웃었다.

"케이! 오랜만이야!"

얼굴을 가렸지만 한 번에 건을 알아보는 팀을 확인한 건이 양팔을 벌리고 뛰어오는 그를 얼싸 안아주며 반가운 얼굴을 했다.

"팀 감독님! 건강하셨죠?"

팀이 환하게 웃다가 바로 얼굴을 찌푸리며 불만스러운 표정으로 눈을 흘겼다.

"내가 건강했냐는 소릴 들을 만큼 늙었던가?"

건이 계면쩍은 듯 웃으며 그의 팔을 잡아끌었다.

"하하! 원래 우리나라에서는 자기보다 어른한테 이렇게 인사해요. 아, 인사해요. 이쪽은 시즈카 미와야키. 손린 이사님은 아시죠?"

고개를 돌린 팀의 눈에 건의 뒤에서 머뭇거리며 눈치를 보는 시즈카와 언제나처럼 자신에 찬 냉막한 표정을 짓고 있는 린이 들어오자, 팀이 먼저 린에게 손을 내밀며 말했다.

"전화로는 참 자주 이야기했는데 말입니다. 뵙기는 처음이죠?"

린이 팀의 손을 가만히 내려다보다가 맞잡으며 썩은 미소를 지었다.

"호호…… 그러네요. 이제 더 이상 통화는 안 했으면 하는데 말이죠."

"하하하! 글쎄요? 이건 영화촬영이 아니니 내가 요구하던 것을 들어주었다고 생각되지는 않습니다만, 일단 내 안의 욕망이 급한 불은 껐다고 말하고 있으니 당분간은 참아드리죠. 하하핫!"

린의 표정이 벌레 씹은 듯 변했지만 아랑곳하지 않은 팀이 시즈카를 보며 역시 손을 내밀었다.

"팀 커튼입니다. 반갑습니다, 시즈카 양."

시즈카가 팀의 손을 양손으로 맞잡은 후 허리를 깊게 숙이며 인사했다.

"아, 아, 안녕하세요, 가, 감독님! 마, 만나 뵙게 되어서 저, 정, 정말 여, 영광입니다!"

과하게 허리를 숙여대며 인사하는 시즈카를 내려다보던 팀이 다른 손으로 허리를 숙인 시즈카를 가리키며 건에게 물었다.

"이 친구 왜 이래? 미국에 온 지 얼마 안 된 친구인가? 줄리어드 다니는 학생이라고 보기에는 너무 일본인 같은 인사군."

건이 실소를 지으며 계속 허리를 굽실거리며 감격한 표정을 짓고 있는 시즈카의 팔을 잡아끌었다.

"인사는 그만하고, 자리로 가서 이야기하자, 시즈카."

"네, 네? 네, 네."

건의 손에 이끌려 가면서도 정신없이 팀의 얼굴을 훔쳐보는 시즈카를 어이없는 눈으로 보던 팀이 옆에 서 있던 린에게 물었다.

"원래 저런 타입입니까?"

린이 코트를 벗어 한 손에 걸친 후 고개를 살짝 끄덕였다.

"네, 아마도요."

"아마도? 아, 이번에 새로 계약한 친구라고 했지요? 어째 케이도 그렇고 팡타지오 소속 연예인들은 전부 저리 순진하고 착한 사람들로 구성되고 있는 것 같군요."

린이 건에게 끌려가 소파에 앉은 후 초롱초롱한 눈빛으로 이쪽을 보고 있는 시즈카를 보며 살짝 눈웃음을 짓다가 팀의 눈을 보며 다시 냉정한 표정으로 바뀌고는 걸음을 내디뎠다.

"시간이 없으니 어서 이야기 나누시지요."

린이 먼저 소파로 향하자 주머니에 손을 넣고 불만스러운 눈으로 린의 뒷모습을 보던 팀이 소파에 먼저 앉은 건의 손짓에 얼른 소파로 뛰어왔다.

자리에 털썩 앉은 팀이 옆자리에 앉은 건을 위아래로 보며 새삼스러운 눈빛으로 말했다.

"휴, 처음 독일에서 봤을 때나 지금이나 여전히 학생인 것은 같은데 위상이 달라졌더구먼. 이젠 만나는 것도 이리 어렵다니 말이야. 허허."

"하하, 전화번호가 바뀌어서 그래요. 이따 알려 드릴게요. 맨하탄 근처에 오시면 언제든 연락 주세요."

"그랬구먼? 난 또 팡타지오에서 내 전화를 받지 말라고 수신 거부 처리한 줄 알았지 뭐야."

"하하, 그럴 리가요. 군대를 다녀오니 어느새 제 번호를 누군가 쓰고 있더라고요."

"음? 누가 그 번호를 가져갔는지 모르겠지만, 무서운 힙합 뮤지션들에게 협박을 받고 있을지도 모르겠구먼? 크하하!"

건이 잠시 선글라스를 쓴 거인이 총구를 들이밀며 술병을 흔드는 상상을 하며 등에 식은땀을 흘렸다.

"그, 그러네요. 빨리 전화번호를 알려 드려야 하는데…… 잊기 전에 오늘 내로 전화를 좀 돌려야겠어요."

"누구? 아, 그 무서운 친구들 말이군, 허허. 아직 안 알려 줬나?"

"네, 잊고 있었어요. 큰일이네요."

"크크 재미있겠네."

두 사람이 한참 잡담을 나누자 기다리던 린이 손톱으로 테이블을 톡톡 건드리며 분위기를 바꾸었다.

"저기 감독님? 이제 일 이야기를 하시죠."

팀이 린을 보며 헛기침을 한 후 콘티를 들어 보였다.

"어흠, 알았어요. 콘티는 봤습니다. 나쁘지 않아요. 내가 충분히 찍을 수 있는 수준은 됩니다."

린이 살짝 고개를 끄덕였다.

"다행이네요, 감독님."

팀이 린을 뚫어지게 보다가 깍지를 끼고 팔꿈치를 테이블 위에 올렸다.

"그런데 지나치게 일본 성향이군요. 이건 미야자키 하야오 감독의 일본 애니메이션에서나 나오는 감성인 것 같은데, 굳이 날 불러서 이런 성향의 뮤직비디오를 찍을 이유가 있나요? 정말 내가 귀찮아서 그런 거라면 거절할 테니 더 잘 만들 수 있는 감독을 섭외하는 게 어떻겠습니까?"

시즈카는 갑자기 심각한 분위기가 되자 어쩔 줄 몰라 하며 팀과 린의 눈치를 보았고, 건은 조용히 린을 보고 있었다.

건의 눈빛 속에서 군건한 믿음을 본 린이 살짝 미소를 지으며 팀에게 말했다.

"귀찮은 것 맞습니다."

"뭐요?"

팀이 너무 직설적이게 말하는 린의 말에 놀라며 눈썹을 꿈틀대자 린이 짙은 미소를 지으며 콘티를 들었다.

"당신이 귀찮은 것은 맞습니다만, 일을 맡긴 건 다른 이유입니다. 제가 이 콘티를 만들어 낼 때는 당신의 말과 같이 미야자키 하야오 감독의 영화를 떠올리며 만든 것이 맞습니다만, 보시다시피 이 콘티는 1차적인 분위기만 설명되어 있습니다. 맞지요?"

팀이 무겁게 고개를 끄덕이자 린이 말을 이었다.

"나는 당신이 미야자키 하야오 감독보다 이러한 분위기를 더 살릴 수 있을 것이라고 판단했습니다. 그래서 당신을 선택한 것이지요. 귀찮다는 것은 부정하지 않겠지만, 그와 별개로 당신의 능력은 잘 알고 있습니다."

팀이 눈을 가늘게 뜨고 린을 째려보자 건이 거들었다.

"맞아요, 감독님. 미야자키 하야오 감독도 대단한 명 감독님이시지만 감독님도 이 분야는 절대 뒤지지 않으시잖아요."

건이 비행기를 태워주자 조금 기분이 나아진 팀이 린의 손에서 콘티를 빼앗은 후 그녀를 노려보았다.

"확실하게 하지. 이 분위기만 맞춰주면 나머지는 내 마음대로 만들어보겠습니다. 동의하십니까?"

린이 잠시 팀과 눈싸움을 한 후 서서히 고개를 끄덕이자 갑자기 자리에서 벌떡 일어난 팀이 예전 독일에서 보여주었던 이상한 춤을 추기 시작했다. 화를 내다 갑자기 웃으며 괴상한 춤을 추는 팀을 올려다보는 시즈카의 눈이 황당함으로 물들자 건이 눈짓하며 대충 넘어가자 미소를 보냈다.

한참 팀의 춤을 보던 건이 그의 팔을 잡아끌어 자리에 앉힌 후 물었다.

"뭘 어떻게 하시려고요, 감독님?"

건의 힘에 자리에 앉게 된 팀이 콘티를 살짝 구겨 쥔 후 이를 드러내었다.

"뭘 어떻게 해? 콘티를 짜봐야 아는 거지. 린 이사님. 촬영 장소는 아직 미정이지요?"

"네, 감독님. 콘티가 나오는 것을 보고 결정해야죠."

"콘티를 어떻게 짜든 촬영 장소에 일본은 반드시 들어가야 합니다."

갑작스러운 팀의 말에 린이 의아한 눈을 하자 팀이 시즈카가 쓴 가사가 적힌 맨 마지막 페이지를 보이며 말했다.

"시즈카 양. 이 가사 말입니다. 당신의 이야기이지요?"

시즈카가 갑작스러운 질문에 살짝 움츠린 후 머뭇거리며 말했다.

"네, 네? 마, 맞아요."

팀이 몸을 내밀어 시즈카와 눈을 마주친 후 말했다.

"어린 시절을 어디서 보냈죠?"

다가온 팀이 부담스러웠던지 몸을 뒤로 젖힌 시즈카가 식은 땀을 흘리며 말했다.

"아키타(秋田)현 오가(男鹿)시에요."

팀이 다시 몸을 바로 한 후 잠시 고민한 후 말했다.

"어린 시절과 현재의 도시 모습은 많이 바뀌었을 텐데, 혹시 그때 살던 집 근처에 아직 그대로 남아 있는 곳이 있을까요?"

"아…… 부모님께서 아직 거기 계세요. 어릴 때 살던 집도 그대로 있고요."

"오! 잘 되었군요. 부모님께서는 뭘 하십니까?"

"농사를 지으세요. 그래서 집도 논도 주위 산들도 다 그대로 남아 있어요."

"호오? 시라고 하길래 꽤 큰 도시인 줄 알았는데 농사를 짓나요?"

"시가지에서 조금 떨어진 변두리예요. 옆에 공군 부대가 있어서 주위에 도시가 들어서지는 않고 있고요."

팀이 박수를 몇 번 치며 몸을 벌떡 일으켜 세웠다.

"아주 좋습니다! 이 가사를 살리려면 시즈카, 당신의 추억이 반드시 필요합니다. 그런 곳에 있어야 비로소 당신의 표정도 살아나게 될 테니까 말입니다. 하하! 린 이사님, 당장 일본에서 촬영할 수 있도록 스케줄을 잡아주세요."

린이 곧바로 전화기를 들고 밖으로 나가 로케이션 매니저에게 연락을 하기 시작했다.

즉시 일이 진행되는 것을 본 팀이 멀리서 통화를 하고 있는 린을 보며 자리에 앉은 후 말했다.

"저 린이라는 여자 말이야. 일 처리가 끝내줘. 보통 나 같은 타입의 사람과 일하는 파트너는 스트레스를 받아 하는데 말이야. 저 여자는 오히려 날 쥐고 흔들더군. 지금도 봐, 내가 말하자마자 뭔가 진행하잖아? 입으로 일하는 여자가 아니야. 몸으로 뛰고 즉각적으로 대응하는 여자야. 케이 넌 저런 여자를 만난 것으로 평생 운 중 대부분을 쓴 것 같다. 하하"

건 역시 통화 중인 린의 모습을 보며 미소를 짓다가 팀의 옆모습을 보며 말했다.

"저 역시 그렇게 생각해요. 린 이사님이나 병준이 형을 만난 건 정말 행운이에요. 신문이나 TV를 보면 나쁜 소속사들도 많고, 사기를 치거나 연예인 등쳐먹는 회사도 있잖아요."

팀이 피식 웃으며 테이블 위에 늘어놓은 콘티 서류를 정리했다.

"이봐, 넌 네가 누구라고 생각하는 거냐? 케이한테 사기를 친 회사가 살아남을 수 있을 것 같아? 당장 미국이 가만 내버려 두지 않을걸? 허허."

팀의 말에 멋쩍어진 건이 그가 정리하고 있는 콘티 서류를 보다 물었다.

"그런데 전 무슨 역할이에요, 감독님?"

시즈카도 궁금한 눈빛을 짓자 두 사람을 번갈아 보던 팀이 이를 드러냈다.

"피아노."

건과 시즈카가 황당한 표정으로 자신을 보자 팀이 콘티를 가방에 넣은 후 웃었다.

"오페라 PPV를 본 후 나도 깨달음을 얻었어. 넌 음악이라는 단어 자체가 어울리는 사람이야, 케이."

♪♩

팀과 회의 후 레드 캐슬로 온 린은 즉시 그레고리를 찾아가 키스카와의 정식 계약서를 들이밀었다.

건을 믿고 있던 그레고리는 두말없이 계약서에 사인을 했고, 곧 일본으로 삼 일간의 일정을 소화하기 위해 떠난다는 말에 키스카의 동행을 부탁했다.

그레고리의 입장에서는 아일랜드로 여행을 갔던 건이 없는 삼 일간 키스카가 어떤 반응을 보였는지 너무도 잘 알고 있었기에 내린 결정이었다.

몇 번이고 팡타지오의 경호 인력에 대해 꼼꼼한 질문을 한 그레고리와의 대화를 끝낸 린이 별채로 오자 바닥에 앉아 키스카와 놀아주던 병준이 웃으며 말했다.

"오셨어요, 이사님? 계약하셨나요?"

바닥에 앉아 있는 인형 같은 소녀를 보고 그녀답지 않게 얼굴에 긴장이 풀린 린이 황급히 다가와 키스카 앞에 앉았다.

키스카는 처음 보는 예쁜 언니가 자신의 앞에 앉자 눈을 동그랗게 뜨고 린의 얼굴을 뜯어보았다.

잠시 키스카의 얼굴과 귀여운 몸을 살펴보던 린이 얼굴을 빨갛게 물들인 채 소리를 지르며 키스카를 안아 들었다.

"꺄악! 귀여워!"

병준이 처음 보는 린의 반응에 황당한 눈으로 그녀를 보았지만 린은 병준의 눈빛이 보이지 않는지 키스카를 안아 조그만 발을 만져보는 등 수선을 떨었다.

"어머, 어머. 이 귀여운 발 좀 봐. 어떡해, 이렇게 예쁜 아이였어요? 사진으로만 봐서 몰랐는데!"

키스카가 약간 당황한 표정을 짓자 린이 마음을 조금 가라앉히고 눈을 맞추며 말했다.

"안녕? 난 린이라고 해. 아빠한테 허락 맡았으니까 우리 이제 함께하게 될 거야."

키스카가 낯을 가리는지 린의 손에서 벗어나려고 버둥거리자 린이 다시 키스카와 눈을 맞추며 말했다.

"키스카, 케이가 집을 떠나서 다른 곳 가는 것 싫지? 따라가고 싶잖아, 그치?"

버둥거리던 키스카가 움직임을 멈추고 린을 보았다. 큰 눈동자로 린을 보던 키스카가 자그맣게 고개를 끄덕이자 린이 웃으며 말했다.

"언니가 아빠한테 허락받았어. 이번에 케이가 일본에 가는데 거기 키스카도 함께 가도 된다고 말이야."

일본이 뭔지 모르는 키스카가 고개를 갸웃하자 린이 조금 더 쉽게 말했다.

"케이와 여행을 갈 수 있다고, 키스카. 그 허락을 언니가 받아냈고 말이야."

그제야 말을 알아들은 키스카의 표정이 환해졌다.

몸을 버둥거려 린의 손에서 빠져나온 키스카가 신이 난 듯 양팔을 들어 올리고 소파 주위를 뛰어다니다가 갑자기 샤워실로 뛰어가 문을 벌컥 열었다.

뜨거운 김이 샤워실에서 빠져나오며 안에서 비명이 터져 나왔다.

"으헛! 누구야! 키, 키스카! 무, 문 닫아줘!"

안에서 샤워를 하고 있던 건이 비명을 지르건 말건 신이 난 눈빛의 키스카가 양팔을 들고 만세를 부르며 웃고 있었고, 얼굴이 빨개진 린이 창밖으로 시선을 던지며 어색한 몸짓을 했다.

병준이 황급히 일어나 샤워실 문을 닫고 키스카의 손을 잡고 소파로 돌아오자 키스카가 고맙다는 눈빛으로 린을 안아주었다. 귀여운 키스카가 안아주자 다시 무장해제된 린이 배시시 웃었다.

병준이 안고 있는 두 여자를 보며 헛기침을 했다.

"어흠, 이사님께 이런 면이 있었군요. 귀여운 아이를 보고 좋아하는 린 이사님이라니, 생각도 못 했네요."

그제야 옆에 병준이 있다는 것을 깨달은 린이 다시 표정을 냉정하게 바꾸었지만, 자신의 목을 감고 있는 따뜻한 온기에 냉정한 표정은 오래가지 못했다.

결국, 이미지 메이킹 포기를 선언한 린이 키스카의 등을 토닥거려 주며 소파 위에 앉은 후 말했다.

"이렇게 귀여운 아이인 줄 알았다면 진즉 와서 봤을 텐데 말이에요."

병준이 린의 품에 안겨 화장한 그녀의 얼굴을 빤히 바라보는 키스카를 보며 말했다.

"귀엽긴 하죠. 아마 제가 본 아이 중에 최고로 귀여운 아이일 겁니다."

린을 보던 키스카가 샤워실에서 나오는 건을 보고는 쪼르르 달려가 그의 다리를 안았다.

귀여운 웃음을 지으며 자랑하듯 린을 가리키는 키스카를 본 건이 의아한 눈으로 물었다.

"키스카 왜? 무슨 기분 좋은 일 있어?"

키스카가 입을 오물거리며 린을 손가락질하자 병준이 말했다.

"린 이사님이 너 이번에 일본 갈 때 키스카를 데려갈 수 있도록 허락을 받으셨대, 그래서 키스카 기분이 좋은 거야."

"아, 그랬군요? 키스카 일본이 뭔지 알아?"

키스카가 고개를 저으며 배시시 웃었다. 어차피 어디에 가는지는 소녀에게 중요한 문제가 아니었기 때문이다.

건이 귀여운 키스카의 머리를 쓰다듬어 준 후 소파에 앉으며 물었다.

"키스카 여권이랑 비자 문제는요?"

린이 가방을 뒤져 서류를 꺼내며 말했다.

"해결해야죠. 그리 오래 걸리지는 않을 겁니다."

"네, 부탁드려요. 그런데 갑자기 정한 일정이라 비행기 티켓이 있으려나 모르겠네요."

"걱정 마세요. 전용기를 타고 갈 거니까."

병준이 놀란 눈으로 물었다.

"전용기요, 이사님? 우리 회사에 전용기가 있었어요?"

린이 다시 자신에게 안겨 오는 키스카를 보며 미소를 지은 후 말했다.

"이번에 건 씨의 싱글이 성공하며 작은 비행기를 마련했습니다. 미국에 올 때 제가 타고 왔죠. 그대로 타고 일본으로 가면 됩니다. 출입국 사무소에는 제가 따로 연락을 해두죠. 아키타에는 공항이 있으니 곧바로 아키타로 직행하면 됩니다."

건이 잠시 어릴 때 보았던 드라마를 떠올려 보고 말했다.

"제 기억에 아키타는 겨울에 엄청난 눈이 오는 곳으로 알고 있는데, 괜찮을지 모르겠네요. 키스카가 함께 가니 아무 곳에서나 자기도 뭐하고. 어느 호텔로 가나요?"

린이 키스카의 작은 등을 쓰다듬으며 말했다.

"호텔을 예약하려고 시즈카 양에게 고향 집 위치를 물으니 자기네 집에서 묵으라고 하더군요. 스탭들은 모두 중국에서 올 것이고, 팀 감독의 측근 스탭 네 명과 팡타지오 관계자들은 시즈카 양의 부모님 댁에 묵을 예정입니다. 중국에서 오는 스탭들은 따로 호텔을 예약해 뒀어요. 그 집에 전부 묵을 수는 없으니."

건이 반색하며 물었다.

"시골집인 거네요, 그럼? 저 농사짓는 시골에 몇 번 안 가봐서 기대되는 걸요?"

"호호, 그래요. 사람이 많이 사는 곳이 아니니 휴가라고 생각하고 가시면 됩니다."

건이 따뜻한 표정을 짓고 있는 린과 그녀에게 안긴 키스카를 번갈아 보다가 미소를 지었다.

"이사님이 그런 표정을 짓고 있는 것은 처음 보네요. 키스카 때문일까요?"

린이 헛기침을 하며 표정을 굳히려 했지만 곧 포기했다.

"흠…… 제가 귀여운 아기를 좀 좋아해요."

"하하, 의외네요. 언제나 완벽한 사업가의 모습일 줄 알았는데 말이에요. 훨씬 보기 좋아요, 이사님."

"호호, 그런가요? 감사해요."

별채에서의 밤이 깊어지는 줄도 모르고 이야기 삼매경에 빠진 세 사람이었다. 결국, 그 날 린은 키스카와 함께 별채의 방에서 함께 잠을 잤고, 키스카를 품에 안고 잠이 드는 순간까지 따뜻한 미소를 잃지 않는 린이었다.

일본으로 떠나는 날.

뉴욕 JFK 공항에 도착한 건이 팡타지오에서 파견한 경호원들과 함께 키스카의 손을 잡고 비행기에 올랐다. 팡타지오의 전용기는 보잉 737기로 보유 좌석 19석의 작은 비행기였다. 중국에서 출발하는 스탭들은 약 80여 명이이나 되었지만 미국에서 일본으로 출발하는 스탭은 팀, 린, 병준, 건, 키스카, 시즈카를 포함해 팀의 스탭 네 명이 전부였기에 단출한 편이었다.

장시간 비행에 심심해할 키스카를 위해 만화영화를 잔뜩 다운받아 테블릿 PC에 담아온 병준이 키스카의 귀에 이어폰을 끼워주었다. 영상이 시작하자 집중해서 만화를 보던 키스카는 곧 잠이 들었다.

장시간 비행에 깼다가 잠이 들기를 반복하던 일행이 마침내 아키타 공항에 내리자 며칠 전 폭설이 내렸는지 새하얀 아키타현이 눈앞에 펼쳐졌다.

다행히 지금은 눈이 멎고 맑은 날씨임을 확인한 건이 키스카의 손을 잡고 내리며 감상에 젖어 있는 시즈카에게 말했다.

"고향에 온 기분이 어때? 얼마 만에 온 거야?"

시즈카가 전용기 문 앞의 계단 위에 서서 눈 덮인 아키타를 바라보다 살짝 눈물이 고인 눈으로 웃었다.

"예비 스쿨에 들어간 후 한 번도 안 왔으니까, 4년 만이에요, 케이."

"호, 꽤 오래 안 왔구나. 부모님 보고 싶겠다."

"호호. 네, 곧 보게 되겠죠."

"그래 부모님께 미리 연락해 뒀지?"

"네 아무래도 손님들이 오시니까 미리 준비하시도록 했어요."

"응, 나 친구네 집에서 자는 거 처음이야, 하하."

"네? 왜요?"

"어릴 때 엄마가 절대 외박은 안 시켜줬거든. 한 번도 친구네 집에서 잔 적이 없어."

시즈카가 고개를 숙이고 손을 꼼지락거렸다.

"치…… 친구요?"

건이 왜 그러냐는 듯 고개를 갸웃하며 말했다.

"응 친구. 왜?"

"아, 아니에요. 가요!"

황급히 건을 밀어 앞으로 보내려 하던 시즈카가 자기도 모르게 건의 팔짱을 낀 형국이 되자 얼굴을 붉히고 건의 눈치를 보았지만 아무렇지도 않은 건을 보고는 더욱 팔짱을 세게 꼈다.

먼저 비행기에서 내려와 계단을 올려다본 병준의 눈에 한 손에는 키스카의 손을 잡고 다른 한쪽은 시즈카와 팔짱을 끼고 있는 건이 들어왔다.

병준은 황당하다는 표정으로 말했다.

"얼씨구? 이제 양쪽에 다 끼고 있네. 시즈카, 키스카. 쌍카

냐? 나도 이병카로 이름 바꿀까?"

피식 실소를 지으며 팔짱을 낀 시즈카를 슬쩍 보자 눈치를 보면서도 여전히 팔짱을 낀 시즈카가 딴청을 부렸다.

출입국 심사장에서 건의 얼굴을 본 출입국 관리원이 조그만 소란을 피웠지만 린이 나서 정리한 후 재빨리 차에 탄 일행이 공항을 빠져나왔다.

건과 팀은 이미 유명 인사였기에 비밀리에 입국한 일행을 태운 차량이 빠르게 공항 옆 공군 비행장을 지나 눈이 덮인 논밭이 펼쳐진 변두리로 향했다.

창문에 붙어 아름다운 시골의 겨울 풍경을 신기한 눈으로 보던 키스카가 손가락질을 할 때마다 건은 여러 가지 설명을 해주었고, 시골에 대해 잘 몰라 답하지 못하는 부분은 시즈카가 대신 설명해 주었다.

곧 일본 전통식 1층 가옥에 도착한 일행의 눈에 추운 겨울 날임에도 불구하고 집 앞에 서서 기다리고 있는 두 부부가 들어왔다.

시즈카는 차 안에서부터 안절부절못하다가 차가 멈추자마자 날 듯이 뛰어내려 부부에게 안기며 눈물을 글썽였다.

"엄마! 아빠!"

반가운 눈으로 시즈카를 안아준 남자가 차에서 내리는 일행들에게 다가와 말했다.

"私の家にようこそ(우리 집에 오신 것을 환영합니다)."

허리를 숙여 예의 바른 인사를 건네는 남자의 말을 알아듣지 못했지만 대충 인사를 건네는 것이라는 것을 눈치챈 팀이 웃으며 손을 내밀었다.

"아…… 곤니찌와? 팀 커튼입니다."

남자가 허리를 숙이며 그의 손을 맞잡은 후 말했다.

"료스케 이와야키라고 합니다."

서로 말이 통하지 않았지만 이름 정도는 알아들은 두 사람이 마주 보며 웃었지만 더 이상 말이 통하지 않자 곧 분위기가 어색해졌다.

그때 차에서 키스카를 안고 내린 건이 료스케에게 다가와 고개를 숙이며 말했다.

"こんにちは。KAY呼ばれます。静香の友達です。よろしくお願いします(안녕하세요, KAY라고 합니다. 시즈카의 친구예요, 잘 부탁드립니다)."

유창한 일본어에 놀란 료스케가 벙찐 표정을 지었고 팀도 놀란 표정을 지었다.

싱긋 웃은 건을 보던 료스케가 나직하게 말했다.

"私たち静香の友達か(우리 시즈카의 친구요)?"

건이 어머니의 품에 안겨 웃고 있는 시즈카를 슬쩍 바라보며 웃었다.

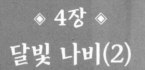

◈ 4장 ◈
달빛 나비(2)

　건은 일본 시대 사극에서나 보던 다다미방에 방 가운데 난로가 있는 고전적인 시골집을 기대했지만 아쉽게도 시즈카의 집은 현대식 집이었다. 미리 보일러를 데워둔 시즈카의 어머니 미도리 덕에 따뜻한 온기가 느껴지는 집에 들어온 건이 좁은 복도를 지나 작은 정원이 보이는 거실로 들어왔다.

　그나마 같은 동양인이고 평소 일본 드라마나 애니메이션에서 일본식 집을 보며 자라 익숙한 건과는 달리 팀은 무척 생소한지 미도리가 내어준 방석을 보며 눈만 깜빡였다.

　건이 방석 위에 앉는 것을 본 팀이 어색하게 건을 따라 정좌를 해봤지만, 곧 골반을 관통하는 고통에 이맛살을 찌푸렸다.

　"하하, 감독님께는 의자가 필요하겠네요."

자신의 방에 짐을 던져두고 뛰어나오던 시즈카가 건의 말을 듣고 재빨리 식탁에 있던 의자 하나를 가져왔다.

팀이 고마움을 표하며 의자에 앉았지만 모두 방석에 앉아 있고 자신만 의자에 앉은 꼴이 이상했는지 슬그머니 다시 방석에 앉았다.

미도리가 차를 내어 오기 위해 시즈카를 데리고 부엌으로 가 있는 동안 료스케가 건을 이리저리 뜯어보다 물었다.

"우리 딸의 친구라고요?"

건이 미소를 지으며 부엌에서 부산하게 준비를 하고 있는 시즈카를 보았다.

"네, 아버님. 친구입니다."

료스케가 약간 당황한 표정을 지으며 팀과 린을 번갈아 보았다.

"아…… 아버님이요?"

"네, 아버님."

료스케가 얼빠진 얼굴로 세 사람을 보는 중 담배를 피우고 왔는지 늦게 들어온 병준이 추웠는지 팔을 쓸며 거실로 들어오며 말했다.

"어우 추워, 이 동네는 왜 이렇게 추워? 이분이 시즈카의 아버님이신가?"

건이 방석 하나를 내밀며 고개를 끄덕였다.

"네, 형."

병준이 방석에 무릎을 꿇고 앉으며 료스케를 보았다.

"건아, 통역 좀 해줘라. 너 일본어 잘하잖아."

"말씀하세요, 형."

료스케가 눈치로 병준이 뭔가 할 말이 있음을 알고 그를 지그시 보자, 병준이 고개를 숙이며 말했다.

"안녕하세요, 아버님. 저는 팡타지오의 매니저 이병준입니다. 이제 시즈카와 함께 연예 활동을 할 예정입니다. 제 친동생처럼 살필 테니 너무 걱정 마세요."

예의 발랐지만 조금 무식한 인사를 받은 료스케가 건이 해주는 통역을 들은 후 고개를 끄덕이며 희미하게 웃었다.

"일본에서는 친구의 아빠에게 아버지라고 부르지 않아 잠시 오해를 했네요. 일반적으로 그리 부르시나 봅니다."

건이 그가 한 오해가 무엇인지 알고 재미있다는 듯 병준을 보다가 자신도 료스케에게 아버님이라고 불렀다는 사실을 깨닫고 실소를 지었다.

"아하하, 오해하셨겠군요. 한국에서는 친구의 아버지나 어머니께 그 호칭을 사용합니다."

"하하, 알겠습니다. 저분께 오히려 제가 잘 부탁드린다고 꼭 전해주세요."

건이 병준에게 말을 전하자 아니라는 듯 손사래를 치는 병준이 다시 한번 넙죽 엎드렸다.

"아닙니다, 아버님! 제가 잘 부탁드립니다!"

린이 방석 위에 앉아 무릎 위에 앉은 키스카를 안은 채 웃으며 말했다.

"모르는 사람이 보면 딸 얻으러 온 사위 같아 보이네요. 호호."

건이 웃음을 터뜨리고 병준이 어색한 표정을 짓자 한 마디도 알아듣지 못해 대화에 참여하지 못하고 있던 팀이 불만스러운 눈으로 말했다.

"일본어 다음에는 한국어로 말해? 날 위해 영어 통역을 좀 해줄 사람은 없나?"

건이 대략적인 상황을 설명해 주자 별 관심이 안 가는지 시큰둥한 표정을 짓던 팀이 미도리가 건네준 따뜻한 차를 맛본 후 시즈카에게 물었다.

"우리 스탭들은?"

시즈카가 한쪽 손을 들며 말했다.

"아, 방에 가서 쉬고 계세요."

팀이 주위 눈치를 본 후 찻잔을 내려놓았다.

"으음. 난 뭐 여기서 대화에 끼기도 뭐하니 스탭들과 함께 쉬고 있는 것이 좋겠군. 안내 좀 해주겠어?"

"네, 감독님. 이쪽이에요."

시즈카를 따라 팀이 방으로 사라지자 미도리가 팀이 앉았던 건의 옆자리 방석에 앉은 후 건의 손을 덥석 잡았다.

애정이 듬뿍 담긴 엄마의 눈빛을 받은 건이 고개를 갸웃하자 미도리가 건의 손을 주무르며 말했다.

"우리 딸 아이가 친구라고 소개한 건 케이가 두 번째예요."

건이 약간 놀란 표정으로 물었다.

"네? 시즈카가 그렇게 친구가 없었어요?"

미도리가 고개를 끄덕이며 웃자 린이 유창한 일본어로 물었다.

"첫 번째 친구는 누구였나요?"

미도리가 시즈카가 사라진 좁은 복도를 잠시 본 후 말했다.

"피아노였지요. 어릴 때 친구를 못 사귀어서 걱정이 많았답니다."

건이 눈으로 덮인 창밖을 힐끔 본 후 물었다.

"왜요? 시골 마을이라 또래 아이들이 없었나요?"

미도리가 살짝 눈물을 글썽이며 말했다.

"그게 아니라 내가 젊을 때 신병이 있……."

"어허! 여보!"

료스케가 언성을 높이자 미도리가 놀라며 자리에서 황급히 일어났다.

"어, 어머나 미안해요, 차만 가져왔네, 다과도 좀 가져올게요."

부엌으로 황급히 뛰어간 미도리를 보던 린과 건이 서로 눈을 마주치고는 어깨를 으쓱했다.

헛기침을 몇 번 한 료스케가 조금 부드러워진 얼굴로 말했다.

"그래, 이틀간 묵으신다고요? 내 집처럼 편히 계세요."

린이 고개를 살짝 숙이며 말했다.

"고맙습니다. 짧은 일정이라 촬영이 바빠 어차피 밤늦게 와서 잠만 잘 테니 너무 신경 쓰지 마세요."

"아닙니다. 우리 시즈카를 돌봐주시는 분들인데 어찌 대접에 소홀하겠습니까, 뭐든 필요하신 것이 있으면 말씀하세요. 최대한 돕겠습니다."

"호호, 감사합니다. 그럼 우리 아기가 조금 졸린 것 같은데 방으로 가도 될까요?"

료스케의 눈에 린의 품에 안겨 졸린 눈을 비비고 있는 키스카가 들어오자 잠시 미소 띤 얼굴로 키스카를 보던 료스케가 자리에서 일어났다.

"허허, 거 참 천사같이 생긴 아이군요. 이리 오세요, 방으로 안내해 드리겠습니다."

린까지 키스카를 안고, 료스케와 함께 사라지자 거실에 건과 병준 둘만 남았다. 둘은 어차피 같은 방을 쓰기에 나중에 함께 방으로 가기로 하고 거실 밖으로 보이는 바깥 풍경을 감상하며 시간을 보냈다.

곧 정갈한 쟁반에 일본 전통 화과자를 담아온 미도리가 다가오자 자세를 바로 한 건이 쟁반을 받으며 정중히 말했다.

"잘 먹겠습니다, 어머님."

미도리는 건의 모든 면이 마음에 드는지 연신 미소를 지으며 옆에 앉아 화과자를 먹는 건의 옆 모습을 보았다.

"아이고, 어찌 이리 잘 생겼을까?"

"하하, 어머니 그렇게 보시면 얼굴 뚫어져요."

"호호, 얼굴에 흠이 좀 나도 보통 사람들보다 훨씬 잘생겼겠구먼, 뭐."

"네? 하하 감사해요, 어머님."

"호호, 그 어머님 소리가 너무 듣기 좋네요."

"얼마든지 불러드릴게요, 하하."

일본어를 못하는 병준이 건의 옆구리를 찔러대며 대화에 참여하려 했지만, 언어 장벽에 막힌 병준이 풀 죽은 표정으로 담배를 피우러 나갔다.

현관을 나서는 병준과 스치며 거실로 돌아온 시즈카가 건과 미도리만 남아 있는 거실 방석에 앉자, 미도리가 건의 손을 잡으며 말했다.

"시즈카의 친구라니 너무 반갑네요, 우리 딸 잘 좀 부탁해요."

건이 따뜻하게 손을 잡아주는 미도리를 보며 웃자 약간 얼굴이 붉어진 시즈카가 조용하게 말했다.

"엄마, 그만 해요."

"뭘 그만해, 내 딸 잘 부탁한다는데."

"엄마! 부담스럽게 왜 이래요?"

건이 얼굴이 붉어진 시즈카를 만류하며 말했다.

"하하, 괜찮아. 친구 어머님인데 뭐 어때. 그러지 마, 시즈카."

"그…… 그래도……."

"진짜 괜찮으니까 신경 쓰지 마."

"네……."

살짝 고개를 숙이며 얼굴을 붉힌 시즈카를 보던 미도리가 깜빡했다는 듯 자리에서 일어나며 황급히 말했다.

"어머, 내 정신 좀 봐. 손님들 드린다고 사 온 과일을 밖에다 뒀네. 다 얼었으면 어쩌지! 아이고!"

현관문 쪽으로 달려 나가는 그녀를 보며 웃음을 짓던 건이 살짝 고개를 숙이고 자신의 눈치를 보고 있는 시즈카를 보았다.

"부모님들이 참 좋으시다."

시즈카가 살짝 고개를 끄덕이며 홍조 띤 얼굴로 말했다.

"네, 좋은 분들이세요."

건이 화과자 하나를 집어 먹으며 말했다.

"그런데 아까 어머님께서 신병 어쩌고 하셨는데, 무슨 말이야?"

시즈카가 잠시 당황한 얼굴을 하더니 한숨을 푹 쉬었다. 미도리가 나간 현관문을 응시하던 시즈카가 눈을 바닥으로 떨구며 말했다.

"실은 엄마가 아빠를 만나기 전에 신병을 앓았대요."

"신병? 무녀들이 앓는 병 말하는 거야?"

"네⋯⋯ 다행히 신병을 이겨내고 아빠를 만나 결혼을 하셨어요, 그 후 그런 일이 없었지만, 평생 이 동네에서 사셔서 마을 사람들 모두가 엄마를 무녀가 되길 거부한 여자로 알고 있죠."

"음⋯⋯ 그게 이겨내지는 거였나?"

"그렇죠? 케이도 그렇게 생각하는 것처럼 마을 사람들도 그런 생각인가 봐요. 덕분에 무녀의 딸이라며 저와는 아무도 놀아주지 않았어요. 친하게 지냈던 아이가 어느 날부터 나와 놀지 않기에 물었더니 어른들이 저와 놀면 큰일 난다고 놀지 말랬다고 하더군요."

건이 살짝 놀란 표정으로 시즈카를 보았다.

"그런 일이 있었어? 그래서 친구가 없었던 거야?"

시즈카가 살짝 고개를 저었다.

"아니요, 이모 댁인 도쿄에서 중학교 다닐 때는 아무도 그 사실을 몰랐지만, 그냥 혼자 있는 게 더 좋았어요. 아무 말 없이 그저 내가 하는 말을 묵묵히 들어주던 피아노가 더 좋았다

고 할까? 다가오는 친구가 있었지만 제 쪽에서 오히려 거리를
두는 편이었죠."

건이 조금 의아한 표정으로 물었다.

"좀 이상한데? 줄리어드 연습실에서 처음 시즈카를 봤을 때
그렇게까지 대인 기피증이 있는 사람 같진 않았는데 말이야."

시즈카가 고개를 숙인 채 건을 힐끔 보며 손가락으로 방바
닥에 뭔가를 끄적거리며 말했다.

"그, 그건…… 아, 안나나 앤서니가 서, 성격이 워낙 좋아
서……"

건이 잠시 생각을 해본 후 이내 고개를 끄덕였다.

"음, 두 사람 성격이 좋긴 하지. 특히 앤서니는 생각도 깊고
말이야."

"네, 네! 마, 맞아요!"

"음…… 그런 일이 있었구나. 시즈카가 마음고생이 심했겠
네. 이제 괜찮아 나도 있고, 안나도 앤서니도 있고, 또 든든한
병준이 형도 옆에 있어줄 테니까."

듬직하게 가슴을 두드리며 말하는 건을 본 시즈카가 환한
미소를 지으며 속으로 하는 말을 씹어 삼켰다.

'무엇보다 케이 당신이 그 자리에 있었기에 그랬어요. 당신
의 팬이었거든요.'

훈훈한 기운이 도는 거실. 창밖의 세상은 무척 추웠지만, 온

기가 도는 집안은 따뜻한 온도만큼이나 따뜻한 온기가 흘렀다.

♪♫♩

　살을 에는 찬 바람이 불어오는 눈 덮인 언덕 위 시즈카의 집을 내려다보는 두 사람이 있었다.

　춥지도 않은지 검은 슈트에 드레스 셔츠를 입고 미동도 없이 서서 불이 켜진 집을 내려다보던 사람 중 금발의 미소년이 입을 열었다.

　"저 시즈카라는 아이 말입니다. 어디서 본 것 같지 않습니까, 가마긴 각하?"

　검은 장발의 가마긴이 검은 가죽 장갑을 낀 손으로 머리를 쓸어 올리며 멀리 창 안으로 보이는 건과 시즈카를 보았다.

　"아마도…… 나나엘인 것 같군."

　파이몬이 눈을 가늘게 뜨고 시즈카를 자세히 들여다보며 턱을 쓸었다.

　"음…… 나나엘을 닮은 아이라…… 그러고 보니 닮은 것 같군요."

　가마긴이 어두운 눈밭의 언덕에서 팔짱을 낀 채 집을 주시하며 말했다.

　"그런데 말이야. 나나엘의 가호를 받았다고 하기에는 그 흔

적이 너무 희미해. 생긴 것은 닮았는데 말이야."

파이몬이 매끈한 턱선을 쓰다듬으며 고개를 끄덕였다.

"아까 듣기로는 어미가 신병을 앓았다고 하던데, 어떤 놈이 었을까요?"

가마긴이 파이몬을 힐끔 본 후 실소를 지었다.

"훗, 72 악마에 들어가는 놈이 인간을 상대로 그런 저급한 짓을 할 리가 없지 않은가? 잡스러운 하급 마귀였겠지. 누군지 이름을 들어도 알지 못할 그런 쓰레기 말이야."

"음…… 그렇겠지요. 아마 나나엘이 신병이 난 어미가 불쌍해 마귀를 몰아내 준 것이 아닐까요? 미약한 힘으로도 가능한 일이었을 것이고, 그 힘이 남아 있는 중 어미가 임신을 했다면 저 아이가 나나엘을 닮은 것은 이해할 수 있는 범주지요."

"음, 그래 아마도 그런 것 같군. 아니라면 저리 닮지는 못할 테니 말이야. 그럼 너무 미약한 힘이었기에 나나엘의 가호까지는 못 받은 것으로 봐야겠군?"

"그렇습니다. 가호를 받았다면 우리가 못 느낄 리 없지 않습니까?"

가마긴이 새까만 밤의 언덕을 휘휘 돌아보며 말했다.

"나나엘의 가호가 있었다면 우리가 이리 가까이 다가올 때까지 그녀가 나타나지 않을 리도 없겠지."

파이몬이 썩은 미소를 지으며 말했다.

"천사 놈들이 그렇지요. 도와주겠다고 판만 벌이고 여기저기 씨앗만 뿌려놓은 후 관리는 안 하죠. 그리고 인간이 잘못되면 그것은 신의 뜻을 잘못 해석한 인간에게 그 책임이 있다고 뻔뻔하게 말하는 놈들 아닙니까?"

가마긴이 미소를 지으며 파이몬을 보았다.

"꼭 그렇지는 않아, 파이몬. 너와 나는 악마의 입장이다. 인간의 삶으로 마력을 모으니 그들을 주시할 수밖에 없지. 하지만 천사들은 달라. 인간들은 나약해서 구해줘야 할 놈들도, 도와줘야 할 놈들도 많지. 거기에 그들에게 바라는 것이 없으니 모두를 주시하고 있을 이유도 없다. 그러므로 천사들은 우리와 다른 행동을 하는 것이지."

파이몬이 입을 내밀며 말했다.

"벌써 천사로 돌아가신 듯한 말투군요."

"하하, 그랬나?"

"성력은 얼마나 모으셨습니까?"

가마긴이 팔짱을 풀며 하늘을 보았다. 검은 하늘에 찬란하게 빛나는 별들이 내는 빛무리의 차가운 콧김을 느껴보던 가마긴이 다시 파이몬을 보며 말했다.

"아직 멀었네. 실은 흡수도 못 하고 숨겨두었지."

파이몬이 예상했다는 듯 팔짱을 꼈다.

"당장 흡수하시면 그만큼의 마력을 잃게 되니 그러셨겠지요. 마력을 잃는다는 것은 곧 72 악마의 권좌에서 멀어진다는 뜻일 테고요. 그럼 나중에 한 번에 흡수하시렵니까?"

"음…… 그래야겠지. 힘이 약해지면 더 감출 수 없게 될 수도 있으니까 말이야."

파이몬이 고개를 끄덕이는 가마긴을 진중한 눈으로 보다가 다시 집을 주시하며 말했다.

"정말, 루시퍼 님이 모르시고 계신다고 생각하시는 겁니까, 가마긴 각하?"

가마긴이 정면을 보는 파이몬의 옆모습을 응시하다가 피식 웃으며 집 쪽으로 고개를 돌렸다.

"알고 계시겠지."

파이몬이 가마긴의 옆모습을 힐끔 본 후 말했다.

"알고도 모른 척하시는 걸 겁니다. 모르실 리가 없지 않습니까?"

"그래, 모른 척해주셔서 고마울 따름이네."

파이몬이 팔짱을 풀고 가마긴에게 조금 다가선 후 말했다.

"바알(Baal)과 구시온(Gusion), 둘만 조심하시면 됩니다. 아시지요?"

가마긴이 눈을 가늘게 뜬 후 턱을 쓸며 말했다.

"그나마 바알 쪽이 나을 게야. 그놈은 그래도 정면으로 싸움을 걸어 올 놈이거든. 문제는 구시온이지. 그 원숭이 자식은 날 싫어하니까."

파이몬이 고개를 끄덕였다.

"저 역시 마찬가지입니다. 구시온 녀석은 자기보다 위 서열은 다 싫어하고 시샘하는 놈이니까요. 저 역시 그놈의 질투와 시샘을 받기는 매한가지입니다. 아니, 각하보다 심하겠지요. 그놈과 제 서열 차이는 단 2위라 더 기어오르니까요."

"그래, 하지만 다행히 건망증이 심한 녀석이라 뭔가 듣고도 별 관심이 없는 이야기면 잘 잊어버리는 놈이라 지금까지 잘 넘어간 것이야. 그놈이 관심을 갖는 순간, 바로 위험해질 테니 파이몬 자네도 항시 그쪽 정보 채널을 잘 열어두게."

"예, 특별히 조심하고 귀를 기울이겠습니다, 각하."

둘 사이에 잠시 침묵이 흐르다가 집의 창 안으로 과일을 짊어지고 온 미도리가 보이자 파이몬이 한숨을 쉬며 말했다.

"저 여아의 어미 말입니다. 나나엘의 힘이 거의 남지 않았습니다. 저 상태라면 언제 잡귀들에게 다시 영혼을 빼앗기게 될지 모르겠군요. 응? 뭐하십니까, 각하?"

파이몬의 눈에 눈 쌓인 언덕의 바닥에 손을 대고 가만히 눈을 감고 무언가 중얼거리고 있는 가마긴이 들어왔다.

가마긴이 허리를 숙인 채 말했다.

"이 땅에 나 가마긴의 힘을 남겨 둔다. 어떠한 잡귀도 나의 힘을 느끼고 감히 근접하지 못하리라."

가마긴의 손에서 보라색 빛이 나와 바닥으로 스며드는 것을 본 파이몬이 물었다.

"힘을 심으신 것입니까?"

가마긴이 몸을 일으키며 고개를 끄덕였다.

"저 여아는 앞으로 내 아이의 주위에 있을 것 같으니 그 가족에게 불미스러운 일이 있으면 내 아이에게도 영향을 주게 되겠지. 미리 예방 주사를 놓아둔 것이네."

"음…… 그렇군요."

"이만 몸을 숨기세. 너무 오래 있었던 것 같군. 다만 아이가 이 땅을 떠나기 전까지는 주시하세. 이 땅은 대대로 악마들이 설쳐댄 곳이니 말이야."

가볍게 고개를 숙인 파이몬과 시즈카의 집을 주시하던 가마긴의 몸이 흐릿해지며 사라졌다. 어두운 언덕이 마치 처음부터 아무것도 없었다는 듯 조용한 침묵에 휩싸였다.

♪♩♫

일본에서의 촬영은 순조로웠다.

대부분의 촬영은 아키타현의 숲속에서 이루어졌기에 사람들의 시선을 끌지 않았고, 매일 늦은 밤까지 촬영이 이어지면 촬영지를 찾아온 미도리가 집에서 싸 온 따뜻한 도시락을 나누어주었기에 추운 날씨에 강행군을 하는 스탭들 역시 웃으며 이틀을 보냈다.

삼 일이 순식간에 지나고 공항까지 마중을 나온 두 부부가 눈물을 글썽이며 시즈카의 손을 잡고 한참 동안 작별인사를 나누었다.

료스케와 미도리는 몇 번이나 건과 병준의 손을 잡고 시즈카를 잘 부탁한다는 이야기를 하고 또 했다.

걱정하지 말라며 부부를 안심시킨 건이 간신히 부부를 떼어내고 비행기에 오르고 일행은 짧은 일본 여행을 끝냈다.

학교로 돌아가 이전과 같은 일상을 보낸 시즈카와 건이었지만 팡타지오는 그렇지 않았다.

이른 시간 안에 린이 원하는 수준의 편집을 끝내기 위해 제작팀이 며칠 밤을 새우고 나서야 뮤직비디오의 예고편이 제작되었고, 린은 몇 번을 재편집을 요구했다.

그리고 마침내 일본에서 돌아온 지 오 일이 지났을 때 팡타지오의 홈페이지에 시즈카의 뮤직비디오 티져가 공개되었다.

일본 아사히 신문사.

늦은 밤이었지만 조간 편집을 끝내지 못한 기자들이 부산하게 사무실을 돌아다니며 마감 직전의 긴박함을 알렸다.

올해로 신문사 입사 사 년 차의 여 기자인 유우나가 마감 직전까지 자신이 쓰던 일본 방사능 관련 기사를 편집하다 작년에 연예부로 자리를 옮긴 친구 모모코를 보았다.

아직 쓸 기사를 찾지 못했는지 노트북 화면을 뚫어지게 보고 있는 모모코를 본 유우나가 한숨을 쉬며 물었다.

"모모코, 아직도 쓸 만한 것 못 찾았어? 마감 한 시간 전이야."

모모코는 유우나의 말이 들리지 않는지 노트북 화면만 뚫어지게 보고 있었다.

답답해진 유우나가 손을 뻗어 모모코의 어깨를 건드리자 동그란 안경을 추켜 올리던 모모코가 화들짝 놀라며 고개를 돌리고 큰소리로 외쳤다.

"어? 뭐라고?"

큰 소리 때문에 일을 하던 기자들이 고개를 들어 시선을 보내자 미안한 표정으로 살짝 고개를 숙여 보인 유우나가 넙죽 엎드리며 속삭였다.

"왜 이렇게 크게 말해!"

모모코가 귀에서 이어폰을 빼며 어색한 웃음을 짓자 유우나가 어이없는 눈으로 작게 물었다.

"뭘 보고 있길래, 불러도 몰라?"

모모코가 이어폰 한쪽을 내밀며 옆의 빈 의자를 끌어왔다.

"앉아 봐. 팡타지오 홈페이지인데 신인이 데뷔하나 봐."

유우나가 자리에 앉은 후 한 쪽 귀에 이어폰을 꽂으며 심드 렁하게 말했다.

"팡타지오는 케이 말고는 별로야. 중국 내에서 인기 있는 가 수 몇이 있는 것 같지만, 수출용은 아니잖아. 그런 거로 기사 쓰면 부장님께 혼날걸?"

"좀 이상해. 영상 초반에 어떤 눈 덮인 산이 나오는데 아무 래도 느낌이 중국이 아니라 우리 일본 같단 말이야."

"그게 뭐? 촬영을 일본에서 했나 보지."

"뭐 어쨌든 이제 막 보려던 참에 부른 거니까 같이 보자."

"아, 나도 마감에 쫓기고 있단 말이야. 바빠!"

"이거 1분 약간 넘는 티져야. 이거만 보자."

"휴, 알았어. 빨리 시작해 봐."

모모코가 노트북의 스페이스 바를 누르자 멈춰져 있던 영 상이 시작되었다. 유우나가 이어폰에서 아무 소리도 들리지 않자 고개를 갸웃하며 말했다.

"이쪽 이어폰 고장 난 것 같은데?"

모모코가 검지를 입에 올리며 말했다.

"쉿, 잘 들어봐."

유우나가 모모코의 말에 이어폰에서 들려오는 작은 소리에 신경을 집중했다.

"이거…… 눈 밟는 소리인가?"

유우나의 시선이 닿은 영상에서 눈 덮인 산을 오르는 여성의 맨발이 보였다.

차가운 눈을 맨발바닥으로 밟으며 걷는 예쁜 발을 비추던 카메라가 서서히 하얀 우윳빛의 종아리로 올라갔다.

무릎 어림부터 하얀색 레이스가 달린 원피스가 보이고 계속 올라가며 여인을 비추던 카메라에 긴 생머리에 화장기가 적은 하얀 얼굴의 여인이 담겼다. 여인은 눈으로 가득한 산을 오르며 미소를 짓고 있었다.

앙상한 나뭇가지 위에 무겁게 얹혀진 눈 덩어리들이 조금씩 떨어지고 있는 산의 분위기는 매우 신비로웠다. 눈 사이에서도 파룻파룻한 싹을 드러내고 있는 자연의 생명력을 보며 즐거워하는 듯한 아름다운 미소를 짓는 여인이 큰 나뭇가지 두 개가 마치 입구인 것처럼 드리워진 검은 공간을 바라보았다.

잠시 걸음을 멈추고 어두운 저편을 보던 여인이 다시 '뽀드득 뽀드득' 소리를 내며 드리워진 나뭇가지를 치우고 숲의 공간으로 걸음을 내디뎠다.

신비로운 장면을 멍한 눈으로 보던 유우나가 집중하고 있는 모모코의 옆 모습을 힐끔 보며 속삭였다.

"분위기 죽인다. 그런데 이 여자 일본 사람 같지?"

"응, 백 프로 일본 여자야. 중국인이라면 아마 일본계일 거고."

두 사람의 눈에 어두운 동굴을 지나 한참을 걸어 천장이 뚫려 빛이 들어오는 거대한 공간에 도착해 신비로운 공간을 밝은 표정으로 두리번거리는 여인이 들어왔다.

벽에 숲의 이끼가 끼어 있고, 작은 새들이 날아다니는 신비로운 공간 한가운데 검은 피아노 한 대가 놓여 있었다. 뚫려 있는 천장에서 내려온 빛무리가 검은 피아노에 반사되어 반짝거렸다.

환한 웃음을 지은 여인이 피아노로 뛰어가 검고 빛나는 피아노의 바디를 쓰다듬었다.

눈을 감은 채 웃으며 피아노의 차가운 촉감을 느끼던 여인의 얼굴이 클로즈업되었다. 청순하고 아름다운 그녀의 얼굴에 다가간 화면은 그녀의 눈웃음을 클로즈업하다가 서서히 멀어졌다.

마침내 그녀의 눈의 뜨였을 때 그녀 앞에 있던 검은 피아노는 어느새 사라지고 검은 셔츠에 검은 수트를 입은 남자가 등에 검은 날개를 달고 뒤돌아서 있는 것이 보였다.

갑자기 눈앞에 나타난 남자를 놀란 표정으로 보고 있던 여인의 모습이 카메라에 담겼고, 그녀의 눈동자가 클로즈업되었다. 여인의 눈동자 안에 비친 남자는 환하게 웃으며 그녀 쪽으로 몸을 돌려 손을 내밀고 있었다.

영상을 보던 유우나와 모모코가 동시에 이어폰을 빼며 벌떡 일어나 외쳤다.

"세상에! 케이다!"

각자 고개를 숙이고 마감일을 보던 기자들이 모두 벌떡 일어난 두 사람에게 시선을 모았다.

♪♫♩

일본에 초비상이 걸렸다.

영상에 공개된 아키타의 모습과 일본인으로 보이는 시즈카의 모습. 또 그 영상에 케이가 출연한다는 것과 영상 끝에 디렉터로 팀 커튼이 표기되어 있으며, 영상 제작사가 팡타지오라는 점으로 수많은 기사가 쏟아졌다.

특히 영상을 가장 빠르게 발견한 아사히 신문사의 사무실은 가장 먼저 특종을 얻기 위해 기자들이 날아다니고 있었다.

벌컥!

문을 벌컥 열고 부산하게 사무실을 오가는 기자들을 본 아사히 신문 국장 이누이 다카시가 소리를 높였지만 조금 차분한 어투로 말했다.

"모모코 씨, 지금 당장 팡타지오에 연락을 넣으시고, 티저 영상의 뮤직비디오 공개 시기 확인해 주세요, 미국에 파견되어 있는 요시다 씨에게 바로 줄리어드로 가 영상에 나오는 여인을 확인할 수 있는지 통화하시고요."

모모코가 겨울 날씨에도 후끈한 사무실 공기로 인해 땀 방울이 떨어진 안경을 닦다가 엉거주춤 일어나며 물었다.

"줄리어드요? 케이에게 접근하라는 말씀이세요? 안 되는 것 아시잖아요, 국장님."

"아아, 케이에게 접근하라는 것이 아닙니다. 영상에 나오는 이름 모를 일본계 여인은 케이와 줄리어드에 함께 다니고 있을 가능성이 커 보여 그런 거예요. 나이를 보았을 때도 그렇고, 팡타지오는 중국 기업인데 갑작스레 일본인 여성을 데뷔시킨 것을 보아도 접점은 그곳뿐입니다. 바로 확인 전화하세요."

그제야 수긍을 한 모모코가 급히 수화기를 들어 미국에 파견된 직원을 연결하기 시작했다.

이는 언론사에서 잔뼈가 굵은 부장급 이사들은 대부분 유추할 수 있는 정보였기에 줄리어드 앞은 세계 언론사 기자들로 북새통을 이루었다.

때아닌 기자들의 러쉬로 난리 통이 된 줄리어드는 다행히 건에게 이번 일을 미리 언질 받았기에 경호원들을 추가 고용하여 학생들의 통학에 문제가 없도록 조치하였다.

이름도 모르는 일본계 여학생을 찾는 기자들이 밤늦게까지 줄리어드 앞에서 장사진을 치고 있었다. 추운 겨울 날씨에 옷깃을 여민 남자 기자가 보도블록에 주저앉으며 카메라를 든 VJ에게 말했다.

"휴, 검은 머리 여학생만 지나가면 우르르 몰려가는 것도 한두 번이지. 여긴 줄리어드라고! 전 세계의 학생들이 모이는 곳이라 동양인 학생도 많단 말이야. 여기서 얼굴만 달랑 아는 사람을 어떻게 찾아?"

카메라를 점검하고 있던 VJ가 실소를 지으며 말했다.

"어쩌겠어요, 우리 같은 말단이 위에서 까라면 까야죠. 이런 시늉이라도 안 하면 국장님한테 얼마나 깨지려고요. 하하."

한숨을 푹 쉰 기자가 바닥을 내려다보며 생각에 잠겼다가 문득 고개를 들며 물었다.

"일본 학생인 것은 맞을까? 이름 공개 안 됐지?"

"네, 아무것도 없어요. 그냥 뮤직비디오 디렉터가 팀 커튼이란 것과 케이가 출연한다는 것만 밝혀졌죠. 아참, 티저의 배경이 일본 아키타현이래요."

"그건 확실해?"

"일본 신문사에서 대대적으로 보도된 내용이니 아마도 확실할 거예요."

"휴, 삼엄하게 경호를 받는 케이라도 붙잡고 물어보고 싶구먼."

"하하, 팡타지오에 미리 요청하지 않으면 어떤 답도 하지 않잖아요, 케이는."

"그건 그래. 이해는 되지, 그렇지 않다면 케이는 일상생활을 못 할 수준의 스타니까."

"거기에 아직 학생이기도 하고요. 어? 케, 케이다!"

VJ의 말에 반사적으로 벌떡 일어난 기자의 눈에 키스카의 손을 잡고 학교에서 나와 차에 오르는 건의 모습이 들어왔다. 기자들이 몰렸지만 서른 명이 넘는 경호원들이 미리 라인을 형성하고 막았기에 건의 근처에도 못 가본 기자들이 경호원들을 밀어대며 외쳤다.

"케이! 오랜 시간을 빼앗지 않겠습니다, 제발 한마디만 부탁드립니다!"

"이번에 출연하신 뮤직비디오의 여성 이름이라도 알려 주세요! 제발 부탁드립니다!"

"케이! 일본에서 왔습니다! 제발 한 마디만 해주세요! 벌써 여기서 이틀째 밤을 새우고 있습니다, 제발!"

아우성치는 기자들을 힐끔 본 건이 차 뒷문을 열고 키스카를 태운 후 차 안으로 고개를 들이밀고 조수석에 앉은 병준과 이야기를 나누었다.

"형, 시즈카 이름 정도는 괜찮지 않아요? 기자분들도 뭔가 건져 가야 좀 쉬실 것 같은데."

여전히 밖에 서서 고개만 차 안으로 들이밀고 묻는 건을 돌아본 병준이 피식 웃었다.

"하여간 착해 빠져서는. 어차피 내일 오전에 공식 발표 있을 거니까, 이름 정도는 말해줘도 돼."

"후훗, 알았어요, 형."

기자들은 경호원에게 막혀 있었지만 차 밖에서 안으로 고개를 들이밀고 뭔가 이야기를 하는 건의 모습에 기대감을 갖고 조용히 기다렸다.

차에서 상체를 빼고 기자들을 본 건이 경호원들의 라인 밖에 대기하고 있는 기자들 쪽으로 다가오자 포기하고 그냥 쳐다만 보고 있던 기자들까지 우르르 라인으로 몰려 마이크를 들이밀었다.

"케이! 뭔가 말해주실 겁니까?"

"제발 힌트라도 주세요."

"너무 추워요! 하나라도 건져 가야 그 핑계로 사무실에 가서 몸이라도 녹일 텐데……."

건이 조르기를 넘어 불쌍한 척까지 하는 기자들을 보고 미소를 지으며 가까이 다가오자 여기저기서 플래시가 터져 나왔다. 카메라를 머리 위로 들어 촬영하는 VJ가 있는가 하면 사다리차까지 동원해 위에서 건을 찍는 카메라도 보였다.

잠시 터지는 플래시 불빛이 잠잠해지길 기다리던 건이 씩 웃으며 말했다.

"시즈카, 시즈카 미야와키입니다."

밑도 끝도 없이 이름만 말하는 건 덕에 멍한 표정을 지은 기자들이 자신들을 한번 쓰윽 돌아본 건이 미소를 지우지 않은 채 뒤로 돌아 차 쪽으로 걷자 아우성쳤다.

"시즈카? 뭐, 뭡니까, 그게?"

"그 여성의 이름인 가요, 케이?"

"케이! 케이! 제대로 알려주고 가야죠! 제발요!"

기자들의 아우성에 걸음을 멈추고 뒤를 본 건이 입꼬리를 올리며 고개를 끄덕였다.

"시즈카 미야와키. 판티지오의 새로운 엔젤입니다."

그 말을 마지막으로 차에 올라탄 건이 떠나버리자 각자의 차로 뛰어간 기자들이 전화기를 귀에 대고 외치기 시작했다.

"시즈카 미야와키! 시즈카 미야와키래!"

"방금 줄리어드 앞에서 케이가 알려줬어! 빨리 인터넷 뉴스부터 올려! 이름은 시즈카 미야와키! 일본인이 확실해!"

"하하! 국장님 해냈습니다! 이름을 밝혀냈어요? 예? 지금요? 아, 알겠습니다! 바로 가겠습니다!"

마치 사람의 기척을 느끼고 순식간에 부엌에서 사라지는 바퀴벌레 떼들처럼 해산해 버린 기자들 덕에 줄리어드 앞에 썰렁해졌다.

감시를 하던 줄리어드 경비원 아저씨가 문을 살짝 열어본 후 한숨을 쉬며 바깥 공기를 쐬었다.

차에 올라탄 건의 무릎 위로 키스카가 올라앉아 창밖을 보았다. 차에 타며 바람에 흩날린 키스카의 머리를 정리해 주던 건이 조수석의 병준에게 물었다.

"뮤직비디오 공개는 언제예요?"

병준이 차량 콘솔 박스를 열고 스케줄 수첩을 꺼내 넘겨보며 말했다.

"내일 밤이다. 저녁 여덟 시쯤 공개될 거야."

건이 고개를 끄덕인 후 창밖의 브루클린 시내의 모습을 보며 말했다.

"시즈카는 뭐 하고 있어요?"

"집에서 못 나오지. 어제 쓰레기 버리러 나왔다가 십 대 두 명이 자기 얼굴 빤히 보는 걸 보고 기겁해서 연락 왔더라고."

"하하, 처음이니까 좀 겁나나 봐요."

"너도 처음엔 그랬어, 자식아."

"하하, 그랬었죠. 시즈카 숙소는 어쩌시려고요?"

병준이 한숨을 쉬며 말했다.

"휴, 안 그래도 너 수업 받는 동안 그거 알아보러 다녔다. 지금 걔가 이스트 96번가 쪽 주택 2층에 월세를 살고 있거든. 그런데 거기가 일반인 밀집 지역이라 계속 살게 둘 수는 없잖아.

여자 혼자 사는데 무슨 일이라도 나면 어쩌려고. 그래서 오피스텔 쪽으로 알아보고 있어. 수익이 좀 나면 단독 주택으로 옮겨야지."

"음…… 차라리 레드 캐슬로 들어오라고 하면 어때요? 그레고리가 허락해 줄 텐데."

병준이 몸을 뒤로 돌리며 어이없는 눈으로 건을 보았다.

"야, 시즈카는 일반인 여성이야. 그것도 겁 많은 일본인 여성이라고. 미로슬라브를 보면 기절할걸?"

"크크, 그럴지도 모르겠네요."

건이 키스카가 창밖을 가리키며 입을 오물거리는 것을 보고는 지갑을 꺼내며 말했다.

"형, 차 좀 세워주세요. 아이스크림 팩토리 좀 들러요. 키스카 아이스크림이 떨어져서요."

아이스크림 가게에서 차가 멈추자 신이 나서 차에서 뛰어내린 키스카를 본 병준이 급히 뛰어나가며 외쳤다.

"키스카! 그러다 넘어져!"

아이스크림 가게의 문을 낑낑대며 열려고 하는 키스카의 손을 겨우 잡은 병준이 소녀 대신 문을 열고 들어갔다. 함께 가게로 들어가려던 건이 창문 안으로 홀 안에 많은 사람이 있는 것을 보고는 다시 지갑을 집어넣고 차에 올라탔다.

다음 날 오전 11시.

팡타지오의 홈페이지에 금일 여덟 시에 뮤직비디오가 공개된다는 소식과 시즈카의 이름이 공개되자 다시 한번 인터넷이 뜨겁게 달구어졌다.

특히 일본의 언론들은 뉴스를 통해 시즈카의 데뷔를 알렸고 인터넷에서는 그녀에게 'Second Angel'이라는 별명을 지어 주었지만, 몇 시간 지나지 않아 어느새 그녀의 별명의 '케이의 여인'으로 바뀌어 있었다.

여섯 시를 기점으로 팡타지오의 홈페이지에 접속해 있는 사람이 폭발적으로 늘어갔지만, 오페라 공연 당시 물리 서버를 증설한 팡타지오 홈페이지는 끄떡없이 돌아갔다.

특히 일본의 관심이 높아질 것을 예상한 팡타지오는 AWS(아마존 웹 서버)의 도쿄 리전을 증설해 일본에서의 접속이 원활하도록 미리 움직였다.

마침내 여덟 시가 되자 수 없이 새로고침을 누르고 있는 팬들의 눈앞에 홈페이지 위에 뜬 팝업창이 플레이 버튼을 누르도록 떠올랐다.

일본 아사히 신문사의 기자들은 늦은 시간이었지만 퇴근도

하지 않고 모두 모여 각자의 자리에서 노트북으로 영상을 모니터링하고 있었다.

미리 유추한 기사의 뼈대를 만들어두느라 저녁 식사도 하지 못한 모모코가 회사 앞 도시락집에서 사 온 우나기 덮밥에 젓가락을 꽂아 넣다가 영상이 플레이 가능한 상태로 떠오르는 것을 보고 급히 도시락을 옆으로 밀었다.

"떴다! 정확한 시간에 올라왔어요!"

고개를 들고 외친 모모코의 말에 노트북 앞에서 기사를 쓰고 있던 기자들이 동시에 ALT, TAB을 눌러 미리 접속해 둔 팡타지오 홈페이지를 확인했다.

순식간에 조용해진 기자실은 헤드폰이나 이어폰을 쓴 기자들이 조용히 플레이 버튼을 누르는 소리만이 흘러나왔다.

가장 먼저 플레이 버튼을 누른 모모코의 기대 가득한 눈동자에 눈 덮인 아키타 현의 하얀 언덕이 보였고, 유려한 글씨로 오른쪽 상단에 '시즈카 미야와키'라는 이름이 들어왔다.

자기도 모르게 숨을 멈춘 모모코의 눈이 점점 커졌다.

"티저보다 아름다운 사람이었잖아? 도대체 시즈카 미야와키가 누구야?"

조용히 중얼거린 그녀의 눈에 뽀드득 뽀드득 소리를 내며 눈을 밟는 예쁜 맨발이 들어왔다.

뮤직비디오는 티저 페이지에서 이미 공개되었던 영상이 먼저 나왔다.

아름다운 아키타의 눈 덮인 산을 거닐던 시즈카가 동굴 안으로 들어가고 동굴에서 만난 피아노가 건으로 변해 환한 웃음을 지었다. 검은 슈트를 입고 있던 건의 손을 잡은 시즈카의 얼굴에 따스한 바람이 불어오자 눈을 살짝 감았다가 떴다.

그녀의 앞에 검은 그랜드 피아노가 동굴 천장에서 내려오는 빛을 받으며 반짝거렸다. 피아노에 앉은 채 눈을 뜬 시즈카가 환하게 웃으며 반짝거리는 하얗고 검은 건반 위에 길고 가는 예쁜 손가락을 올렸다.

피아노에 앉은 채 눈을 뜬 시즈카가 환하게 웃으며 반짝거리는 하얗고 검은 건반 위에 길고 가는 예쁜 손가락을 올렸다.

화면이 멀어지며 동굴 한가운데에서 피아노를 치고 있는 그녀의 모습과 동굴 전체의 모습이 비쳤다.

녹색 가득한 이끼들이 벽 이곳저곳에 둥지를 틀고 있었고, 바위들 사이에 놓인 그랜드 피아노가 소리를 내기 시작했다.

부드러운 피아노 소리가 들리기 시작하자 소리에 귀를 기울이고 있던 모모코가 살짝 놀랐다.

'뭐야! 아름답잖아! 이 신비롭고 아름다운 분위기는 마치 지

브리 스튜디오의 애니메이션 음악 같다!'

뉴에이지풍의 아름다운 피아노 연주는 아름답고도 신비로웠다. 곡은 느렸지만, 희망과 기쁨이 가득한 곡이었다.

잠시 환한 표정을 지으며 피아노를 치던 시즈카가 연주를 멈추고 가만히 건반을 내려다보았다. 살짝 미소를 지은 그녀의 아름다운 옆 모습을 클로즈업하던 화면이 전환되며 매연 가득한 도시에 홀로 서 있는 시즈카의 모습으로 바뀌었다.

당황한 표정으로 바쁘게 지나는 사람들을 보던 그녀가 걸음을 옮겼다. 멈추어 있던 피아노 연주가 다시 시작되며, 곡의 분위기가 바뀌었다. 이전의 아름답고 신비한 곡과 다르게 슬프고 외로운 듯한 연주가 모모카의 귀에 들어오자 영상을 보고 있던 그녀의 눈가가 떨렸다.

'피, 피아노만으로 이런 감정 변화가 가능하다고?'

도쿄 시내로 보이는 시가지를 걷는 그녀를 제외한 배경과 사람들의 모습이 흑백 화면으로 나타났다. 지나가는 사람에게 손을 뻗어 무언가 물어보려는 시즈카가 자신에게 아무 관심이 없다는 듯 그저 힐끔 보고 스쳐 지나가 버리는 사람들을 보고 가만히 손을 내리고 고개를 숙였다.

사람들의 움직임이 점점 빨라지고 혼자 고개를 숙이고 서 있는 그녀의 앞뒤로 수많은 사람이 휙휙 지나갔다. 화면 내에서 색을 가진 유일한 그녀의 뒤로 여전히 멋들어진 검은 수트를 입은 건이 팔짱을 끼고 멀리서 그녀를 지켜보고 있었다.

화면이 전환되고 점차 도시 생활에 익숙해진 시즈카가 장바구니를 들고 마트를 가는 모습이 나왔다. 세일을 하는지 많은 사람이 모인 마트에서 꽉 찬 사람들 사이로 겨우 손을 뻗어 무하나를 잡은 시즈카가 손에 든 무를 내려다보며 작게 한숨을 쉬고는 장바구니에 무를 넣고 다른 곳으로 뛰어갔다. 시즈카가 떠난 자리의 벽에 기대어 그녀를 보고 있던 건이 미소를 지었다.

또다시 화면이 전환되고 책가방을 들고 도서관으로 향하는 시즈카의 모습이 나왔다. 역시 건은 그녀에게서 약간 떨어져 팔짱을 낀 채 미소를 지으며 따라가고 있었다.

또다시 화면이 전환되고 혼자 놀이터에 앉아 그네를 타며 고개를 숙인 시즈카의 모습이 나왔다.

모래를 발끝으로 파며 조금씩 그네를 흔들던 그녀의 옆모습 뒤로 옆 그네가 움직이기 시작했다. 옆에 누군가 그네를 타는 것을 모르는지 그저 고개를 숙이고 바닥을 보고 있던 시즈카를 비추던 카메라가 멀어지자 옆 그네를 움직이고 있는 건의 모습이 나왔다.

환한 미소를 지으며 높이 높이 그네를 타던 건이 외로운 표정으로 일어나 집으로 터벅터벅 걷는 시즈카를 보고는 그네를 멈추고 내려섰다. 그녀의 뒷모습을 보고 있는 건의 얼굴에 안타까움이 스쳤다.

다시 화면이 그녀가 살고 있는 것으로 보이는 옥탑방으로 바뀌었다. 옥상의 평상에 앉은 그녀가 차가운 밤의 도시를 바라보며 쓸쓸한 표정을 짓다가 눈물을 떨구었다.

외롭고 쓸쓸함에 지쳐 눈물짓던 그녀의 평상 뒤에 양반다리를 하고 앉아 팔짱을 끼고 있는 건이 깊은 눈으로 그녀의 뒷모습을 보고 있었다.

영상을 보던 모모카가 고개를 갸웃했다.

'케이의 역할이 피아노였나? 왜 자꾸 뒤에 있는 거지?'

화면이 전환되고 배경이 일본에서 미국으로 바뀌었다. 단지 장소만 미국일 뿐 여전히 맨하탄의 거리에는 각자의 일로 바쁜 사람들이 빠르게 발걸음을 옮기고 있었다.

슬픈 눈으로 사람들 사이에 우두커니 서서 거리를 보고 있던 시즈카의 눈이 바닥을 향했다가 자신 앞으로 걸어와 선 검은 구두 한 쌍을 보고는 서서히 눈을 들었다.

배경이 되는 도시의 모습과 사람들은 빠르게 지나갔지만 시즈카는 느리게 움직여 고개를 들었다. 스쳐 지나가는 사람들 속 시즈카를 바라보고 있는 건이 환하게 웃으며 손을 내밀었다.

눈을 동그랗게 뜨고 건을 보던 시즈카가 가만히 건이 내민 손을 내려다보았다.

싱그러운 웃음을 지으며 어서 손을 잡으라는 듯 손가락을 까딱이는 건의 손에 시즈카의 하얀 손이 올라오자 건의 등에서 검은 날개가 폭발적으로 솟아올랐다.

놀란 시즈카가 건의 등을 보자 싱긋 웃음을 지은 건이 사람들 사이에서 시즈카의 손을 잡고 날아올랐다. 구름 위까지 날아오른 건이 자신의 손을 잡고 함께 날고 있는 시즈카를 보며 아래를 손가락질했다.

멀리 블록이 나뉘어 불야성을 이룬 맨하탄의 모습과 개미같이 작게 보이는 사람들의 모습을 약간 무서워진 얼굴로 보던 시즈카의 얼굴이 조금씩 펴지며 미소가 피어올랐다.

시즈카의 웃음을 본 건이 신난다는 듯 그녀의 손을 잡고 빠르게 날기 시작했다.

시즈카의 눈에 아래에 보이는 도시의 모습들이 휙휙 지나가고 어느새 어두운 밤 구름 근처를 날아다니는 두 사람은 바다 위 별과 달만 있는 하늘을 날았다. 다시 피아노 소리가 들려오고 환하게 웃으며 빠르게 지나가는 바다와 별을 보고 있던 시즈카의 얼굴이 클로즈업되었다.

음악은 처음 시작할 때의 아름답고 신비로운 음악으로 바뀌었고, 시즈카의 손을 잡고 몸을 눕힌 채 날고 있는 건의 날개가 활짝 펼쳐졌다.

아름다운 미소를 입에 건 건의 입이 열렸다.

목련의 향기가.

코끝을 간질이고.

장난스러운 풀벌레가.

너에게로 인도한 그 날.

다시 시작된 음악과 영상에 집중하던 모모코가 입을 떡 벌렸다.

"케, 케이가 노래하는 거였어?"

화면 속 시즈카의 손을 잡고 큰 보름달을 향해 날아가는 건이 만면에 미소를 걸고 시즈카를 돌아보았다.

검고 반짝거리는 너를.

크고 무서웠었던 너를.

네가 들려주었던 소리.

크고 아름다웠던 소리.

작고 감미로웠던 소리.

작고 무서웠었던 나는.

너의 목소리에 귀를 기울여.

보름달로 날아가는 두 사람을 더욱 신비롭게 만들었다.

세월을 지나온 너와 나의 교감만큼.

기어이 버텨낸 오늘 하루만큼.

수많은 좌절에도 견디고 버텨줄.

그 견고함 만은 부디 내 것 일 수 있기를.

조금 더 행복하고 조금 더 견고하게.

지금껏 그랬듯이 언제나.

건이 자신의 손을 잡고 날고 있는 시즈카의 등을 어루만지자 건의 손에서 따뜻한 노란색의 빛이 터져 나왔다.

자신의 등에서 빛이 일자 놀란 시즈카가 뒤를 돌아보았다. 그녀의 등에서 터져 나온 노란 빛이 황금색으로 반짝이는 두 쌍의 나비 날개로 변하자 시즈카가 눈을 동그랗게 뜨며 웃고 있는 건을 보았다.

장난스럽게 웃은 건이 공중을 나는 도중 갑자기 시즈카의 손을 뿌리치자 놀란 시즈카가 공중에서 몸을 허우적거리다 바다로 추락하기 시작했다

너무 무서웠던 그녀가 몸을 버둥대며 추락할 때 날개를 접고 함께 추락하던 건이 머리를 휘날리며 시즈카의 옆에서 웃다가 날개를 활짝 폈다.

날개가 움직임에 따라 멈춰선 건과 달리 계속 추락하던 시

즈카가 눈을 꼭 감고 주먹을 쥐어 몸에 힘을 주자 등에 돋아난 황금색 나비 날개가 활짝 펴지며 추락을 멈추었다.

공중에서 날고 있는 자신의 몸과 날개를 두리번거리며 보던 시즈카가 환한 표정으로 위에서 자신을 내려다보던 건을 보았다.

아래에서 날개를 편 시즈카를 보고 있던 건이 싱긋 웃으며 노래했다.

나비의 누에고치가.

새벽녘 얼굴을 비치는 달빛에.

석고와 자스민 사이에서.

큰 날개짓을 위한 긴 잠이 든다.

검고 반짝거리는 너를.

크고 무서웠던 너를.

네가 들려주었던 소리.

크고 아름다웠던 소리.

작고 감미로웠던 소리.

작고 무서웠던 나는.

너의 목소리에 귀를 기울여.

건이 손을 내밀어 보름달 쪽을 가리키자 시즈카가 날개를 세차게 움직이며 달 쪽으로 날아갔다. 곧 그녀의 옆으로 따라붙은 건이 시즈카를 보며 웃자 그녀 역시 건을 보며 활짝 웃었다.

끝없는 하늘을 날아가던 두 사람이 밤하늘에 별들이 가득한 산에 도착해 내렸다. 몇 번 큰 검은 날개를 움직이던 건이 날개를 접고 손을 내밀자 황금빛 나비 날개를 곱게 접은 시즈카가 웃으며 그의 손을 잡았다.

그녀의 손을 잡고 눈 덮인 산을 걷고 있는 건의 모습이 점점 멀어졌다. 드론으로 촬영된 듯 공중에서 아래를 촬영하는 화면에는 아무도 밟지 않은 눈에 두 사람의 발자국만 나 있는 화면이 보였다.

잠시 산길을 걸으며 드리워진 나무를 손으로 치워준 건이 환하게 웃으며 나무 사이에 난 동굴을 고갯짓하자 시즈카가 동굴 입구를 보고 놀란 표정을 지었다.

미소를 지은 건이 동굴로 먼저 들어가자 잠시 고민하던 시즈카가 건을 따라 들어갔다. 동굴 속은 티저 영상에서 나왔던 천장이 뚫려 달빛이 들어오는 거대한 공간이었다.

두리번거리며 건을 찾던 시즈카의 눈에 옛날에 보았던 그 자리에 그대로 반짝이며 서 있는 그랜드 피아노가 들어왔다. 활짝 웃은 시즈카가 날개를 펴고 날아올라 그랜드 피아노의 의자에 내려앉은 후 건반에 손을 올리고 연주되고 있는 피아노를 따라 웃으며 연주를 했다.

한참 피아노 간주를 연주하던 시즈카가 뚫려 있는 천장에 걸려 있는 보름달을 보며 양손을 들어 올리며 환하게 웃었다.

피아노가 사라지고 그 자리에 우두커니 서서 보름달을 보며 웃음 짓고 있는 시즈카를 본 건이 아름다운 미소를 지으며 읊조렸다.

내 고뇌의 정원이여.

영원히 붙잡기 어려운 나의 소리여.

너의 소리를 타고 날갯짓을 하는.

달빛 나비와 차가운 별들이.

조금 더 행복하고 조금 더 견고하게.

지금껏 그랬듯이 언제나.

나와 함께하길.

장면이 뚫린 천장을 통해 하늘로 올라가며 분지 안에 있는 두 사람을 비추며 멀어졌다. 하늘에 걸린 아름다운 보름달 주변에 반짝거리는 별들을 비춘 검은 화면 왼쪽 상단에 아름다운 필기체로 글씨가 새겨졌다.

First Edition. Shizuka Miyawaki.

글 아래 더 작은 글씨가 나타났다.

Vocal by Kay.
Piano by Shizuka Miyawaki.
Direct by Tim Kutton.

화면이 검게 변하며 영상이 끝나는 듯하더니 환하게 웃고 있는 시즈카와 뒤에 서서 초점이 나가 흐릿하게 보이는 건의 사진이 흑백 화면으로 출력되며, 하단 중앙에 하얀 글씨가 떠올랐다.

'팡타지오의 두 번째 천사.'

영상이 검게 변하고 리로드 표기가 나왔지만 입을 떡 벌리고 화면만 응시하던 모모코는 아무 행동도 할 수 없었다. 계속 귓가를 맴도는 중독성 있고 아름다운 피아노 소리를 음미하던 모모코가 한참이 지나서야 이어폰을 빼고 한숨을 쉬었다.

"대…… 대박이다……."

고개를 든 모모코의 눈에 각자의 자리에서 몇 번이나 영상을 돌려보며 입가에서 침이 흐르는지도 모르고 있는 유우나의 모습이 들어왔다.

♪♫♪

항상 건이 앨범을 발표하고 나면 그랬듯이 세계의 화제가 모였다.

특히 일본의 경우 음악평론가와 영상분석가, 애니메이션, 영화 전문가를 초청하여 토크쇼 형식으로 시즈카의 뮤직비디오와 음악을 분석하는 프로그램까지 일시적으로 편성할 정도로 그 관심은 높았다.

건과 다르게 아직 알려지지 않은 학생 신분인 시즈카를 찾아내기 위해 기자들이 맨하탄 시내를 들쑤시고 다녔고, 병준은 경호원을 고용해 줄리어드 주변과 시즈카의 집 주변을 경호하도록 하였다.

며칠이 지난 후 드디어 경비가 좋은 오피스텔 최상층 입대 계약을 완료한 병준이 시즈카를 데리고 오피스텔로 들어갔고, 안나와 앤서니가 시즈카의 집들이를 핑계로 집 구경을 왔다.

맨하탄 시내 한가운데에 있는 고층 오피스텔에 도착한 안나가 방 여기저기를 뛰어다니며 부러운 목소리로 외쳤다.

"방이 몇 개야 도대체! 이거 얼마짜리래, 시즈카?"

거실 소파에 앉아서 앤서니에게 커피를 내어주고 있던 시즈카가 쑥스러운 미소를 지으며 말했다.

"가격은 잘 몰라요, 매니저님이 해주신 거라서요."

시즈카가 내어준 커피를 자신의 앞에 끌어온 앤서니가 웃으며 말했다.

"그래도 이 정도 집까지 내어준 걸 보면 시즈카의 수입이 만만치 않은가 보다."

시즈카가 얼굴을 붉히며 머리를 귀 뒤로 넘겼다.

"그, 글쎄요. 아직 얼마 되지 않아서 정산을 받은 적이 없거든요. 정산 결과를 봐야 알 수 있을 것 같아요."

안나가 마지막으로 베란다를 열어본 후 소리를 질렀다.

"방이 다섯 개에 맨하탄 시내가 다 내려다보이는 대형 베란다까지 있어!"

다시 거실로 달려와 소파로 날아와 앉은 안나가 상기된 표정으로 말했다.

"정산은 무슨! 내 주위 애들도 다 너 궁금해해. 나 줄리어드 다니는 것 아는 유튜브 팬들도 혹시 너랑 아는 사이냐고 묻고 말이야. 이 정도면 감이 안 와? 당연히 제대로 터뜨린 거지! 축하해!"

시즈카가 부끄러운 듯 손을 무릎 위에서 꼼지락거리며 기어들어 가는 목소리로 말했다.

"케, 케이 덕분이죠."

안나가 검지를 까딱이며 말했다.

"물론 케이가 큰 도움을 준 것은 맞지만, 지금 언론이 주목하는 건 너야, 시즈카. 그건 내게 스타성이 있다는 것이지. 케이에게 감사하는 마음을 가지는 것은 말리지 않겠지만 모든 것이 케이 덕분이라는 생각은 하지 마, 자신을 가져."

"네, 네……."

세 사람이 소파에서 도란도란 이야기를 나누는 중에 현관문의 비밀번호가 눌리는 소리가 나더니 문이 열렸다.

비닐봉지에 무언가 잔뜩 사 들고 들어온 병준이 거실 소파에 엉거주춤하게 서서 자신을 보고 있는 세 사람을 보더니 묵례를 한 후 냉장고 앞에 비닐봉지를 내려놓고 말했다.

"오셨어요? 집들이 오셨나 보다."

병준이 건과 시즈카의 매니저임을 알고 있는 앤서니가 약간 어려워하는 말투로 말했다.

"아, 예! 시즈카를 축하해 줄 겸 겸사겸사 왔습니다."

"하하, 그러셨군요. 편하게 있다 가세요."

병준이 코트를 벗고 비닐봉지를 정리하려 하자 시즈카가 벌떡 일어나 냉장고를 열고 냉장고 안에 들어가야 할 물품들을 넣기 시작했다.

거실에 남은 두 사람이 어찌할 바를 몰라 안절부절못하고 있는 것을 본 병준이 시즈카의 팔을 툭 치며 나직하게 말했다.

"내가 할 테니까 손님들과 있어."

"아, 아니에요, 매니저님. 혼자 일 하시는데 제가 어떻게 그래요, 같이해요."

"에휴 매니저님이라고 좀 부르지 마라, 이름을 불러 그냥."

"저, 저는 일본인이라 남의 이름을 막 부르는 것에 거부감이 이, 있어서 그, 그래요."

"말 좀 더듬지 말고, 뮤직비디오 찍을 때는 NG도 거의 안 내고 잘하더니 왜 그러냐?"

"그, 그건 케, 케이가 이, 있어서……."

"네 매니저는 나야. 앞으로 케이보다 날 더 믿어줬으면 해."

"아…… 네, 네……."

"그나저나 너 일본에서 섭외 요청이 끊이지 않고 있어. 어떡할래? 방학은 아직 좀 남았지만, 학점은 다 땄잖아? 일본 가서 활동 좀 할래?"

시즈카가 놀란 표정으로 병준을 보다가 고개를 숙이며 물었다.

"무…… 무슨 프로그램인데요?"

병준이 웃기는 표정을 지으며 고개를 숙이고 말했다.

"무…… 무슨 프로그램인데요? 이렇게 말하지 말라고 좀."

"풉!"

시즈카가 병준의 우스꽝스러운 모습에 웃음을 터뜨리자 미소를 지은 병준이 냉장고를 열고 생수를 집어넣으며 말했다.

"프로그램은 수도 없어. 음악 프로그램부터 토크쇼에 예능까지 너 섭외하려고 일본은 전쟁이니까. 혹시 부모님께 전화 안 왔어?"

시즈카가 주머니에 넣어 둔 핸드폰을 본 후 고개를 저었다.

"안 왔는데요? 왜요, 무슨 일 있어요?"

병준이 고개를 절레절레 저으며 말했다.

"세상 기자 놈들은 다 거기서 거기인가, 일본 애들은 예의가 발라서 안 그럴 줄 알았는데 기자들이 네 부모님 댁 앞에서 진 치고 너한테 연락 좀 부탁한다고 계속 조르고 있나 봐. 다행히 겨울이라 밖에 나가지 않으셔서 그냥 집에만 계신다고 하더라."

"그…… 그래요?"

"응, 걱정이네."

시즈카가 계속 냉장고 문을 열어두고 끊임없이 물건을 채워 넣고 있는 병준을 빤히 보다가 물었다.

"부모님께 그런 일이 있다는 걸 어떻게 아셨어요?"

병준이 아무렇지 않은 듯 채소 칸을 열어 사 온 채소들을 채워 넣으며 말했다.

"뭘 어떻게 알아? 담당 연예인 소식 알려주려고 전화 드렸지. 회사 차원에서 동시 통역사 하나 고용했어. 앞으로 자주 전화 드려서 네 소식도 전해드리고 그쪽 소식도 받아서 전해

줄게."

시즈카가 조금 감동한 얼굴로 가만히 병준을 보다가 고개를 숙였다.

"고맙습니다, 매니저님."

아무 일도 아니라는 듯 손을 휘휘 저은 병준이 계속 일을 하자 다시 옆에서 돕던 시즈카가 문득 물었다.

"그런데 매니저님. 케이 집에도 자주 전화 드리세요? 한국어 잘하시니 그쪽은 좀 쉽게 통화되시겠네요?"

병준이 멈칫하며 시즈카를 보다가 한숨을 지었다.

시즈카는 갑작스러운 병준의 반응에 자신이 뭔가 실수를 하지 않았나 생각해 당황한 표정을 지었다.

"아니, 안 해. 아니, 못 해. 건이 그놈 아버지를 좋아하지 않거든. 주로 여동생한테만 따로 연락하는 것 같더라. 여동생은 또 끔찍하게 아끼거든."

"아…… 그랬구나……."

"시즈카 너도 혹시 건이 앞에서 이런 이야기 하지 마. 평소에 착해 빠진 놈에 무한 긍정인 놈인데 가족 이야기 중에 특히 아버지 이야기가 나오면 우울증 걸린 사람처럼 종일 기분 상해하니까."

"네…… 명심할게요."

"자, 다 됐다. 나도 커피 한잔 내려서 갈 테니까 소파에 가 있어."

"네, 수고하셨습니다, 매니저님."

"그놈에 매니저님 소리 그만하고 빨리 가."

"네 매니저님."

"에혀…… 가라."

잠시 후 커피를 내려 받아 든 병준이 소파로 가자 시즈카가 자신의 옆자리를 내어주었다.

소파에 앉아 커피 한 모금을 마신 병준이 자신의 눈치를 보고 있는 두 사람을 번갈아 보다가 슬그머니 일어나며 말했다.

"어흠, 나는 잠깐 나갔다 와야겠네."

앤서니가 일어나는 병준을 황급히 말렸다.

"아! 아니에요, 미스터 리. 어색해서 그런 것이 아닙니다!"

병준이 일어나다 말고 앤서니를 돌아보며 의아한 눈빛을 보내자 앤서니가 어렵게 입을 열었다.

"실은 좀 전에 시즈카에게 일본 활동에 대해 들어서요."

병준이 다시 자리에 앉으며 물었다.

"네, 그런데요?"

"시즈카 혼자 보내는 게 좀 걱정되어서요."

병준이 눈치를 보는 앤서니와 안나를 보다가 히죽 웃었다.

"하하, 알았습니다. 음악 프로그램 섭외가 된다면 두 사람도 함께 가줄래요?"

"헉! 정말이요?"

"꺄악! 나 아시아는 한 번도 안 가봤는데!"

만세를 부르는 안나와 믿어지지 않는지 입을 벌린 앤서니를 보던 시즈카가 걱정스러운 눈으로 물었다.

"저기…… 매니저님. 음악 프로그램이면…… 케이도 가야 할 텐데요."

만세를 부르던 안나가 시즈카의 말을 듣고 시무룩한 표정으로 중얼거렸다.

"하긴…… 케이가 못 가면 음악 프로그램에 못 나가겠구나…… 케이는 바쁠 테니 스케줄이 꽉 차 있겠지…… 힝."

병준이 기가 찬다는 표정으로 말했다.

"스케줄은 무슨! 제길, 말 잘했어요. 내가 하소연 좀 하고 싶었는데, 이놈의 자식은 아무 스케줄도 안 합니다! 학생이라는 이유로, 공부해야 한다고! 방학 때 팽팽 놀면서 여행 다니고 사고 치고 다니면서! 스케줄 잡으려고 하면 어디 사라져 버리고, 에혀 내 팔자야."

시즈카가 놀란 표정으로 병준을 보다가 이내 고개를 끄덕였다.

"아…… 그래서 앨범만 나오고 방송에서는 볼 수 없었던 거군요."

병준이 답답하다는 듯 가슴을 치며 말했다.

"그러니까! 활동했으면 지금 떼 부자가 되어도 벌써 되었을 텐데!"

앤서니가 은근히 기대 어린 말투로 물었다.

"저…… 그럼 케이는 방학 때 따로 스케줄이 없는 건가요?"

"네, 없습니다. 아아아아아무 것도 없어요. 또 어디론가 여행이나 간다고 하겠죠."

안나가 앤서니와 눈을 맞춘 후 병준을 힐끔 보며 물었다.

"여행이요? 그럼 여행지가 일본일 수도 있겠네요?"

병준이 안나를 본 후 잠시 생각에 잠겼다가 말했다.

"음…… 뭐 그럴 수도 있겠지만…… 친구들인데 아직 케이를 모르는 건가요?"

앤서니와 안나가 서로 마주 보았다가 동시에 물었다.

"예? 무슨 말씀이신지……."

병준이 세 사람을 번갈아 보며 어깨를 으쓱했다.

"그 녀석. 그냥 도와달라, 같이 가자고 하면 그냥 '응'이라고 할 걸요?"

띵동.

갑자기 울리는 벨 소리에 현관문으로 뛰어나간 시즈카의 눈앞에 맥주 캔을 손에 들고 흔들며 웃는 건이 보였다.

"아! 케이! 케이도 와줬군요!"

"하하, 연락받고 어떻게 안 와? 키스카를 집에 데려다주고 오느라고 조금 늦었어. 다들 왔어?"

거실에 온 건이 맥주를 흔들며 다가와 병준의 옆에 앉았다.

"형, 여기 계셨네요?"

"그래 왔나? 키스카는 잘 데려다줬고?"

"네, 형. 애들아 맥주 사 왔어. 마시자!"

시즈카가 머뭇거리다가 의자 하나를 더 가지고 와 테이블 옆에 앉았다.

맥주를 마시던 친구들이 머뭇거리며 건의 눈치를 보자 피식 웃은 병준이 건을 보며 말했다.

"시즈카에게 일본 활동 요청이 들어왔어. 음악 방송도 하려면 네가 같이 가줘야 할 텐데 어떡할래? 갈래?"

건이 침을 꿀꺽 삼키며 자신을 보는 세 사람을 둘러 본 후 말했다.

"네, 가요."

숨을 참고 있었던 안나와 앤서니가 막힌 숨을 터뜨리며 외쳤다.

"헉! 진짜다!"

"이, 이렇게 쉽게?"

"우린 뭐 때문에 그리 눈치를 본 거지!"

"으아아아! 캐리어 사러 가야지!"

건을 보던 시즈카의 눈에 하트가 그려지는 것을 본 병준이 웃으며 말했다.

"거봐 내가 말했잖아, 그냥 툭 까놓고 '도와줘' 하면 그냥 끝나는 일이라니까 그러네."

병준의 말에 환한 웃음을 짓는 세 사람을 보던 건이 인상을 찌푸리며 말했다.

"무슨 대화예요, 이거? 나도 좀 같이 껴줘요."

"하하하하하!"

"호호호, 몰라도 돼 케이는."

"호호, 어머 내 정신 좀 봐. 안주 좀 내어 올게요."

혼자 무슨 말인지 몰라 인상을 찌푸리던 건이 이내 친구들과 어울리며 즐겁게 맥주를 마시기 시작했다.

◈ 5장 ◈
일본에서 생긴 일

시즈카의 일본 방문이 결정되자 팡타지오는 공식 발표를 통해 시즈카의 일본 활동을 알렸다.

일본 언론은 이에 열광적인 반응을 했고, 매일 뉴스와 인터넷, 신문에는 시즈카의 소식이 일면을 장식했다.

[팡타지오의 두 번째 천사 일본 상륙!]

[시즈카 미야와키, 그녀가 온다!]

[그녀의 첫 번째 프로그램은 과연?]

[기적의 피아노 연주, 시즈카 미야와키 일본에 오다!]

팡타지오는 건의 방문을 숨겼기에 시즈카의 뉴스만 떠들어대는 일본 언론의 뉴스는 그대로 세계로 전해졌다.

하지만 케이와 달리 시즈카의 방문만으로 세계인의 시선을
모두 끌어모으지는 못했는지 타국의 방송은 단지 시즈카가 고
향인 일본에 돌아가 잠시 활동을 할 것이라는 간단한 뉴스만
발표되었다.

물론 이미 형성된 시즈카의 팬들은 세계에 고루 분포되어
있었지만, 건만큼의 폭발력은 없었다.

일본으로 향하는 팡타지오의 전용기 안.

긴장된 표정의 시즈카가 비행기 창을 통해 보이는 일본 열
도의 모습을 내려다보고 있었고, 안나는 앤서니와 함께 앉아
일본의 대표적 볼거리와 먹거리 등이 기재된 책을 보며 밑줄을
그어대고 있었다.

"앤서니, 우리가 가는 곳이 도쿄지?"

"응, 거기가 일본 수도래."

"음…… 그럼 오사카에 있다는 고성은 보기 힘들 것 같으니
이건 지우고…… 아키하바라? 여긴 뭐 하는 곳일까? 사진으로
보면 피규어나 게임 같은 것을 파는 곳인가 본데?"

"응, 내 친구 중에 일본 애니메이션 마니아가 있는데 걔 말로

는 거긴 성지래. 1년에 한 번은 꼭 간다더라."

"그래? 음…… 여긴 일단 세모! 우리 중에 애니메이션이나 게임 마니아가 없으니까 시간 나면 들려보는 것으로 하자."

"어, 근데 나 거기 가야 돼. 친구가 부탁한 거 사야 하거든."

"그래? 뭔데?"

"그…… 잠깐만."

기내 용으로 가져온 작은 가방을 뒤져 수첩을 꺼낸 앤서니가 말했다.

"크로우즈? 뭐 만화인가 본데, 거기 나오는 애들 피규어 사다 달래, 비싼가 봐. 돈 미리 준다길래 입금받았는데 천 달러를 보냈더라고."

"뭐? 천 달러? 장난감 사는데 천 달러라고?"

"그게…… 아 일본 이름은 어려워서, 잠깐만…… 보우야 하루마치? 뭐 그런 이름의 피규어랑 이거 뭐라고 쓴 거지, 한자라서…… 시즈카! 이거 뭐라고 쓴 거야?"

시즈카가 앞자리에 있던 앤서니가 내민 수첩을 본 후 살짝 미소 지으며 말했다.

"무장 전선이라고 쓴 거예요."

앤서니가 수첩을 내린 후 안나에게 말했다.

"응, 무장 전선이래. 이건 뭐더라…… 폭주족 이름이라더라. 거기 소속된 애들 피규어가 세트로 나오는데 그게 랜덤으로 나오는 거래."

"랜덤? 내가 뭘 사는지 모르고 산다는 뜻이야?"

"응, 그중 한 명이 나오긴 하는데, 내가 갖고 싶은 것이 나오지 않을 확률도 있는 거지. 일본 애들은 그것을 가챠라고 부른다더라."

"웃기는 시스템이네. 그런데 뭐…… 내가 진짜 좋아하는 거라면 그렇게라도 가지고 싶긴 하겠다. 머리는 잘 썼네."

"응, 그게 조그만 박스 하나에 10달러쯤 하는데 그걸 30개나 사오라고 하더라. 그중 두 개를 아직 얻지 못했다고. 자기 미완성 컬렉션을 완성할 기회라며 좋아하더라고."

"미치겠네, 그 친구도 참 엄청난 마니아인가 보다."

"뭐 하여간 거기 가긴 가야 돼."

안나가 아키하바라라고 쓰인 책장을 접어둔 후 펜으로 동그라미를 그려뒀다.

"알았어, 만약에 시간 안 되면 나랑 둘만 다녀오자."

맨 앞자리에 앉아 스케줄 체크를 하던 병준이 자리에서 일어나 다가오는 것을 본 안나가 황급히 책을 숨겼다. 놀러 가는 듯한 모습을 보이기에는 눈치가 보였기 때문이었다.

하지만 작은 기내에서 큰 소리로 떠드는 것을 이미 들은 병준이 실소를 지으며 안나가 앉은 의자의 머리받이를 잡고 말했다.

"자유 시간에 뭘 하든 상관없으니 눈치 보지 마세요. 두 사람은 우리 소속 연예인이 아니니까요. 단, 시즈카와 케이의 이미지에 손상이 되는 행동만 안 하시면 됩니다."

잠시 눈치를 보던 앤서니가 살짝 손을 든 후 물었다.

"저기…… 피규어 사는 것은 괜찮나요?"

"예? 그게 왜요?"

"그 뭐냐…… 오타쿠? 그런 이미지가 괜찮나 해서요."

"하하, 자기 취향인데 무슨 상관인가요. 그리고 일본은 개인의 취향을 존중하는 나라니까 괜찮습니다. 지나치게 야하거나 변태 같은 것만 사지 마세요."

안나가 눈을 크게 뜨며 물었다.

"장난감이 야해요? 그런 것도 있나요?"

병준이 벌써 얼굴이 빨개진 시즈카가 고개를 푹 숙이는 것을 보고는 미소 지으며 말했다.

"하하, 가서 보세요. 사람들의 취향이 반영된 피규어가 많으니까. 여하튼 괜찮으니까 가서 쇼핑하세요. 두 사람은 음악 방송만 하면 되니까 스케줄 확정되면 바로 말씀드릴게요."

정식으로 여행을 허락받은 두 사람이 기뻐하며 급히 책을 꺼내 논의를 계속하자, 병준이 시즈카의 옆자리에 앉았다.

시즈카는 피규어 이야기가 부끄러웠는지 얼굴이 빨개진 상태로 고개를 숙이고 있다가 조심스럽게 물었다.

"저…… 매니저님. 케이는 언제 와요?"

병준이 팡타지오 직원이 미리 준비해 둔 일본 언론 뉴스의 주요 내용이 기재된 서류를 펼쳐 들며 시즈카를 보지도 않고 말했다.

"걔는 이미 가 있어."

시즈카가 놀란 눈으로 병준의 옆모습을 보았다.

"네? 미리 가 있어요?"

병준이 서류를 넘겨보며 말했다.

"응, 그 녀석은 여행 마니아거든. 그저께 미리 가서 일본 관광하고 있겠다고 하더라. 현지에서 합류할 거야. 어차피 그 녀석이 우리와 함께 가는 건 비밀이니까 같은 비행기로 이동도 못 하잖아. 그 덕에 내가 이렇게 그 녀석이 사고는 안 쳤는지 뉴스를 확인하고 있는 것이고. 음…… 뭐 특별한 것은 없네. 사고는 안 쳤나 봐. 네 뉴스뿐이다."

시즈카가 놀란 눈으로 고개를 돌려 창문 아래에 비친 일본의 모습을 내려다보았다.

♪♩♩

이틀 전. 도쿄 나리타 공항.

캐리어를 끌고 나타난 건이 택시를 잡아탔다. 모자와 선글라스, 목도리로 얼굴을 가린 건이 타자 흠칫 놀란 택시 기사가 조심스럽게 영어로 물었다.

"일본에 오신 것을 환영합니다, 손님."

건이 싱긋 웃으며 유창한 일본어로 말했다.

"네, 감사합니다. 오사카 다이와 로이넷 호텔로 가주세요."

건이 일본어를 하자 반색한 택시 기사가 룸미러로 건을 보며 말했다.

"아! 일본 분이었군요? 외국인이신 줄 알고 실례했습니다."

"아니에요, 한국 사람입니다. 하하."

"오! 그래요? 일본어가 유창하시군요. 그럼 출발하겠습니다, 안전벨트를 해주세요."

건이 뒷좌석의 안전벨트를 채우자 미국의 택시와는 달리 매우 부드럽게 출발한 택시가 고속도로 위로 올라왔다.

손님과 대화를 하는 것을 즐기는 택시 기사였는지 건에게 이것저것을 물어보고 세상 사는 이야기를 하던 택시 기사가 문득 물었다.

"일본은 처음이신가요?"

"아니요, 몇 번 와봤어요."

"그러셨군요. 오사카 쪽은 관광할 거리가 없는데, 출장이십니까?"

"아…… 뭐 비슷해요. 하하."

"그러시군요, 부디 일본과 좋은 사업 관계를 맺으시면 좋겠습니다, 하하"

"네, 그럴게요."

"그래도 오사키는 지하철이 지나는 곳이니 어디든 가시기는 쉬울 겁니다."

"네, 알고 있어요. 고맙습니다."

잠시 후 호텔 앞에 택시가 서자 뛰어내려 트렁크에서 건의 캐리어를 내려준 택시 기사가 정중히 고개를 숙였다.

"그럼 일본에서 좋은 시간 보내시길."

"감사합니다, 선생님."

호텔 앞에 대기하고 있던 벨보이가 즉시 건의 짐을 들고 로비로 향했다. 꽤 좋은 호텔인 듯했지만, 공간 활용을 미덕으로 알고 있는 일본이기에 그리 넓지 않은 로비에서 직원 두 명이 건을 맞았다.

미리 예약한 호텔 예약 정보를 프린트한 종이와 여권을 내민 건이 잠시 기다리자, PC 모니터를 확인하며 예약 정보를 확인한 남자 직원이 건의 여권을 보고는 입을 떡 벌렸다. 옆의 여직원 역시 다가와 함께 여권을 보고는 경악한 눈으로 건을 보았다.

건이 검지를 입에 올리고 선글라스를 살짝 내린 후 윙크를 하며 말했다.

"쉿, 저 여기 있는 것은 비밀이에요. 아셨죠?"

유창한 일본어를 들은 두 사람이 연신 고개를 끄덕였다. 그 중 남자 직원이 재빨리 여권 정보를 입력 후 돌려주며 말했다.

"우리 호텔에 와 주셔서 감사합니다. 제가 직접 방을 안내해 드리겠습니다."

여직원이 분한 눈으로 남자 직원을 보다가 벨보이가 건의 짐을 끌며 엘리베이터로 가는 것을 보고는 황급히 다가가 짐을 빼앗았다.

"이, 이 짐은 제가 가져갈 테니 쉬세요."

순식간에 일을 빼앗긴 벨보이가 얼빠진 눈으로 그녀를 보았지만, 모른 척 엘리베이터를 누른 그녀가 딴청을 피웠다.

건과 남자 직원이 다가오는 것을 본 그녀가 도착한 엘리베이터에 먼저 탄 두 사람을 기다렸다. 건과 함께 엘리베이터에 올라탄 직원이 어이없는 눈으로 말했다.

"미요코, 로비는 어쩌고?"

미요코가 눈을 피하며 20층을 눌렀다.

"자, 잠깐인데요, 뭐."

남자 직원이 피식 웃으며 건과 함께 엘리베이터를 타고 20층에 올랐다.

방을 안내한 직원이 예의 바르게 인사를 하고 돌아가려는 찰나 캐리어를 한쪽 구석에 치운 건이 말했다.

"아, 혹시 사진 찍어드릴까요? 제가 온 것을 비밀로 해주신다는 조건으로요."

머뭇거리며 나가려던 두 사람이 날듯이 돌아왔다. 벌써 손에 핸드폰을 쥐고 있던 미요코가 활짝 웃으며 건과 사진을 찍은 후 남자 직원이 사진을 찍는 것을 기다리며 말했다.

"저기…… 케이 님. 언제까지 비밀로 하면 될까요? SNS에 자랑하고 싶은데……."

남자 직원과 함께 사진을 찍은 건이 웃으며 말했다.

"한…… 삼 일만 비밀로 해주세요."

남자 직원이 미요코를 만류하며 나가려 하자 미요코가 뒤를 돌아보며 다급히 물었다.

"저기! 일본에는 언제까지 계시나요?"

건이 침대에 앉은 채 웃으며 말했다.

"글쎄요, 한 일주일쯤?"

남자 직원이 미요코의 등을 떠밀었다.

"손님께 무슨 짓이야, 미요코! 죄송합니다, 케이. 그럼 편안히 쉬십시오."

남자 직원에게 등을 떠밀려 나가는 미요코가 눈을 굴렸다.

'일주일? 그런데 삼 일만 비밀을 지켜달라는 건 일본 언론에 모습을 드러내겠다는 거잖아? 설마! 시즈카 미야와키와 함께 일본에 온 거야? 꺄악! 그럼 방송에 나오겠다!'

두 사람이 나간 후 호텔 방을 구경하던 건이 품속 전화기의 진동을 느끼고 얼른 전화를 받았다.

　　"린 이사님?"

　　"네, 건 씨. 잘 도착했나요?"

　　"네, 막 호텔에 도착했어요, 키스카는요?"

　　"지금 디즈니랜드에 도착했어요. 아이라 그런지 놀이동산에 정신이 팔려 있네요."

　　"휴, 울지 않아서 다행이네요."

　　"건이 없다는 것을 모르니까요. 그레고리와 함께 놀러 온 것이니 괜찮을 겁니다."

　　"네, 그레고리가 힘들겠어요."

　　"자기 딸인 걸요. 오랜만에 딸과 놀이동산에 와서 그런지 그레고리도 즐거워 보이니 걱정하지 마시고 일본 활동 잘 부탁합니다. 시나리오는 보셨죠?"

　　"네, 보긴 했는데…… 시즈카가 주인공인데 이건 왠지 제가 주인공인 것 같아서 좀 그러네요."

　　"호호, 그게 건 씨의 위상입니다. 이제 자각을 좀 하세요."

　　"네, 이사님. 그럴게요."

　　"미리 가서 여행하시는 것은 좋지만, 시나리오상 건 씨가 일본에 온 것은 비밀이니까 절대 첫 방송 전까지 정체를 들키면 안 되는 것 아시죠?"

"네, 꼭 그럴게요. 그냥 쇼핑이나 하고, 유적지나 돌아보려는 거니까 걱정 마세요."

"그래요, 꼭 부탁합니다."

"네, 키스카를 잘 부탁드려요, 이사님."

"걱정 마세요. 호호. 그럼."

린과 간단한 통화를 마친 건이 호텔을 나섰다. 호텔 직원에게 미리 콜택시를 부탁한 건이 차를 타고 내린 곳은 아키하바라였다.

요도바시 아키바의 큰 건물 앞에 내린 건이 핸드폰 매장을 지나 피규어 매장으로 올라갔다.

건담 피규어의 엄청난 가격들에 입을 떡 벌리며 구경을 하던 건이 매장 여기저기 붙어 있는 한국 아이돌 스타들의 포스터를 보며 고개를 끄덕였다.

"일본에서 한국 스타들도 인기가 많구나. 걸그룹이 특이 강세인가 보네."

근래에 일본에 진출한 한국 걸그룹 포스터들이 샤방샤방한 핑크색으로 장식되어 붙어 있는 것을 잠시 구경하던 건이 발걸음을 옮겼다.

어차피 걸그룹 쪽에는 관심이 없어서 누군지도 몰랐기 때문이다. 건은 아키하바라의 뒷골목까지 다 돌아본 후 신주쿠와 긴자, 롯본기까지 돌아보았다. 마지막으로 들린 시부야에서 영화 하치 이야기에 나온 강아지 동상까지 본 건이 늦은 시간 호텔로 돌아와 잠을 청했다.

♪♫

이틀간 별다른 일 없이 조용히 관광을 한 건이 병준의 전화를 받고 일본의 TBS로 향했다.

택시에서 내리자마자 달려온 병준이 차 문을 열자마자 물었다.

"뭐, 사고 친 것 없지?"

건이 피식 웃으며 말했다.

"사고는요, 그냥 관광만 했어요."

"정체는? 들키면 안 되는 것 알지?"

"네, 이사님도 몇 번이나 주의 주셨어요. 호텔에서 어쩔 수 없이 여권을 보여줄 때 말고는 들키지 않았어요."

"좋아, 뒷문으로 들어가야 해. 가자."

"네, 형."

건이 병준과 함께 뒷문으로 몰래 들어가는 시각.

시즈카는 막 시작된 일본의 예능 방송에 출연하고 있었다.

두 명의 남자 사회자와 다섯 명의 패널로 구성된 예능 방송은 시즈카를 초대 손님으로 이것저것 질문을 하고, 짓궂은 질문도 하는 프로그램이었다.

개그맨인 두 명의 사회자 중 한 명인 타다요시가 오프닝을 알렸다.

"네! 시청자 여러분 반갑습니다, 오늘 우리 프로그램에는 엄청난 게스트가 출연 예정이죠!"

타다요시 옆에 선 대머리 남자가 말을 받았다.

"그렇습니다, 타다요시. 어떤 분이지요?"

타다요시가 대머리 남자를 아래위로 보며 물었다.

"알면서 뭘 물어요, 타이치? 당신도 나랑 같은 사회자라고!"

패널들이 웃음을 터뜨리자 타이치가 패널들을 가리키며 말했다.

"아아, 일단 패널들 소개부터 하자고요. 먼저 아이돌 그룹 멤버 세 분을 소개합니다. 코코미, 칸나, 미우씨 입니다."

조르르 앉아 있던 십 대 소녀 세 명이 동시에 일어나 인사를 했다.

"안녕하세요! B1입니다!"

타다요시가 호들갑을 떨며 말했다.

"오우 역시 귀엽네요. B1의 활동이 왕성해서 보기 좋습니다. 자 다음으로는 평론가 유우마 씨입니다."

안경을 쓰고 약간 마른 중년 남자가 고개를 숙였다.

"안녕하세요, 유우마입니다."

"네, 오늘도 날카로운 평론을 부탁드립니다."

타이치가 마지막 여성을 손으로 가리키며 말했다.

"그리고, 일본 드라마를 휘어잡고 있는 여배우! 레나 씨입니다!"

이전과는 다르게 모든 카메라가 그녀를 잡았다. 우아하고 아름다워 보이는 그녀가 살포시 미소를 지으며 말했다.

"안녕하세요, 레나입니다."

타이치가 앞으로 나서 레나를 과장된 몸짓으로 살펴보며 말했다.

"이야! 연예인하기를 잘했네요, 레나를 이렇게 가까이서 보다니! 하악!"

타다요시가 나서서 타이치를 만류하는 척하며 말했다.

"하악이라니, 하악이라니, 이거 정규 방송이야, 빨리 들어가."

"이거 봐! 이거 봐! 레나라고! 너도 이러고 싶잖아!"

"어이, 어이. 이 사람 좀 말려봐!"

일본 예능 특유의 방송 흐름이 계속되고 마침내 타다요시가 상기된 표정으로 말했다.

"이봐요 타이치. 요새 일본에서 가장 핫한 사람이 누구죠?"

타이치가 곰곰이 생각하는 척하다가 말했다.

"스즈무라 아이리?"

타다요시가 큐 시트를 말아 타이치의 머리를 때리며 말했다.

"머릿속에 음란 마귀 좀 몰아내고 말해!"

"아얏! 알아, 알아! 시즈카 미야와키잖아!"

"알면서! 왜 그따위 개드립이야!"

계속 타이치의 머리를 때리는 타다요시를 웃으며 보던 패널들이 기대에 찬 눈으로 사회자 석 뒤에 커튼으로 가려진 동그란 입구를 주목했다. 분위기가 잡히자 타다요시가 손뼉을 치며 말했다.

"그럼 소개합니다! 팡타지오의 두 번째 천사, 시즈카 미야와키 양입니다!"

짝짝짝짝.

패널들이 일제히 자리에서 일어나며 박수를 보내자 시즈카의 데뷔 음악인 'Moonlight Butterfly'의 피아노 전주 부분이 흘러나오며 커튼이 위에서 아래로 떨어졌다. 하얀 원피스를 입고 검은 구두를 신은 시즈카가 수줍은 미소를 지으며 나오자 패널들이 더 큰 박수를 보냈다.

특히 아이돌 그룹이라는 세 명의 소녀들이 꺅꺅거리며 호들갑스럽게 외쳤다.

"엄마야! 진짜 예뻐!"

"뮤직비디오보다 더 예쁘고 청순한 것 같아요!"

"맞아, 맞아! 훨씬 예쁘고 귀엽다!"

정면으로 쏟아지는 칭찬 세례에 부끄러운 미소를 짓던 시즈카를 보는 타이치가 몽롱한 눈으로 말했다.

"오늘 집에 가서 그동안 모은 AV CD 다 버려야겠어…… 이제 내 여신은 시즈카 미야와키야……."

타다요시가 다시 큐 시트로 타이치의 머리를 내려쳤다.

"그런 비유 하지 마! 죄송합니다, 시즈카 양. 이쪽으로 앉으세요."

패널들과는 다르게 혼자 떨어져 사회자와 패널들 사이에 앉은 시즈카가 마이크를 들자 타다요시가 말했다.

"시청자 여러분께 인사 한마디 부탁드립니다, 시즈카 양."

시즈카가 부끄러운지 몸을 살짝 꼬며 말했다.

"아, 안녕하세요……. 시즈카 미야와키입니다."

"꺄악 귀여워!"

"완전 귀엽다, 진짜!"

귀여운 여성의 부끄러워하는 모습을 유독 좋아하는 일본인들답게 스탭들과 패널들이 난리를 쳤다. 잠시 소란이 진정되기를 기다리던 타다요시가 말했다.

"자, 그럼 질문을 좀 해볼게요. 먼저, 케이와는 어떻게 만나게 되었는지가 첫 질문이네요. 처음부터 다른 분에 관련된 질문을 하는 실례를 용서해 주시기 바랍니다. 하지만 아무래도 시청자 여러분들이 가장 궁금해하시는 부분이니 답변을 부탁드립니다."

패널들이 건의 이야기가 나오자 눈을 반짝이며 시즈카를 주목했다.

"에…… 케이는 같은 학교 학생이에요. 밴드 스코어 미션에서 우리 팀의 기타리스트로 배정되어 처음 만나게 되었고요, 그 당시 피아노 연주 실력이 더 이상 늘지 않아 방황하고 있는 저를 도와준 것이 인연이 되었어요."

B1 멤버 중 긴 생머리를 늘어트린 소녀가 급히 손을 들자 타다요시가 발언권을 주었다.

"네, 칸나 양. 질문이 있나요? 해보세요."

칸나가 마이크를 들고 물었다.

"케이는 어떤 사람인가요?"

타이치가 사회자 석에 팔꿈치를 걸치며 손을 휘저었다.

"이봐요, 오늘 게스트는 시즈카 양이라고, 자꾸 케이 이야기만 하면 어쩌자는 거예요?"

칸나가 웃으며 손사래를 쳤다.

"아, 알아요. 그래도 케이가 너무 궁금해서요. 호호."

시즈카가 살포시 웃으며 마이크를 들었다.

"음…… 보통 사람이랑은 좀 다르다고 할까요? 생각이 깊고 불쌍한 사람이나 궁지에 몰린 사람을 그냥 지나치지 못하는 성격이에요. 그리고 무엇보다도 엄청난 미남이고요."

여성 패널들은 물론 여성 스탭들이 한꺼번에 크게 고개를 끄덕이는 것을 본 타이치가 황당한 얼굴로 말했다.

"이봐, 스탭들은 카메라에 걸리지도 않는데 왜 고개를 끄덕이고 그래?"

다시 한번 패널들의 웃음이 터져 나오자 이번에는 B1 멤버 중 미우가 손을 들었다.

"저기…… 케이랑은 친하세요?"

"네, 그럼요. 친해요."

"꺄악! 전화 통화도 하고 막 그래요?"

"호호, 친구니까요."

B1의 세 소녀가 서로 부둥켜안으며 호들갑을 떨었다.

"꺄악! 전화도 하나 봐!"

"아악 부러워!"

"나도 케이 보고 싶어요! 꺄악!"

타다요시가 그런 세 사람을 보다가 조용히 미소를 짓고 있는 레나에게 물었다.

"여배우이신 레나 씨는 조용하시네요?"

레나가 아름다운 미소를 보이며 마이크를 들었다.

"저도 케이 팬이에요. 아, 실례했습니다. 시즈카 양의 팬이기도 해요."

"역시 우아함을 잃지 않는 여배우시군요. 호들갑이 없어서 좀 재미가 없기도 하지만요."

"호호, 그런가요?"

"음…… 그럼 레나 씨를 무너뜨려 보는 것은 어떨까요?"

"네? 어떻게요?"

타다요시가 앞으로 나서며 시즈카의 옆에 섰다.

"시즈카 양, 혹시 케이와 전화 통화 가능할까요?"

B1 멤버들이 난리를 쳤다.

"꺄악! 정말, 정말?"

"아아악! 영상 통화면 좋겠어요!"

시즈카가 웃으며 전화기를 꺼냈다.

"음…… 가능은 해요."

"꺄아아아악! 여기 나오길 잘했어!"

"아악! 빨리 걸어봐요!"

패널들이 난리를 쳤지만, 꾹 참고 흥분을 가라앉히고 있는 레나를 힐끔 본 타다요시가 웃으며 말했다.

"그럼 부탁드려도 될까요? 실례가 안 된다면 말입니다."

시즈카가 고개를 끄덕이며 전화기 액정 화면을 켜고 다가온 스탭이 건네준 마이크를 연결 후 건에게 전화를 연결했다. 통화 연결음이 가기 시작하자 스튜디오가 조용해지며 곧 울릴 건의 목소리에 귀를 기울였다.

잠시 후 전화가 연결되었다.

-여보세요? 시즈카?

"꺄아아아아악! 케이 목소리야!"

"진짜야! 진짜 케이야?"

"꺄악 나 이제 죽어도 좋아! 엄마!"

스튜디오가 패널들과 스탭들이 지르는 소리로 소란스러워지자 시즈카가 한쪽 귀를 막으며 큰 소리로 말했다.

"케이? 미안해요, 방송 중이라서요."

-아, 그래? 무슨 프로그램인데?

"일본 예능 방송이에요."

-그렇구나. こんにちは皆さん. Kayです(안녕하세요, 여러분. 케이입니다).

다시 한번 스튜디오가 뒤집혔다.

건의 유창한 일본어를 들은 타다요시가 나서며 물었다.

"안녕하세요, 케이 님. 프로그램의 사회자 타다요시라고 합니다. 일본어를 잘하시네요?"

-하, 그저 말하기 듣기를 겨우 할 수 있을 뿐입니다, 타다요시 님. 반갑습니다.

"오우! 이건 일본인이라고 해도 믿을 수 있을 지경이군요! 놀랍습니다!"

-하하, 감사합니다.

"이렇게 통화에 응해주셔서 감사합니다. 그럼 시즈카 양을 바꿔 드리겠습니다."

타다요시가 손짓으로 이야기하라는 신호를 보내자 무슨 말을 해야 할지 몰랐던 시즈카가 머뭇거리며 말했다.

"에…… 케이 지금 뭐 해요?"

-음? 나 그냥 뭐 좀 기다리고 있어.

"아…… 그렇구나. 밖이에요?"

-응, 밖이야.

"아…… 음…….'

무슨 말을 더 할지 감이 안 잡힌 시즈카가 메인 카메라 옆에 선 PD에게 다가가는 병준을 보았다. 병준은 급히 스튜디오로 들어와 PD에게 귓속말을 했고, 고개를 끄덕인 PD가 밝은 얼굴로 무언가 말을 하는 것이 보였다.

미리 시나리오를 받았던 시즈카가 때가 왔음을 느끼고 살짝 미소를 지으며 말했다.

"그럼 지금 어디예요?"

-여기 도쿄.

잠시 스튜디오에 침묵이 흐르고 시간을 두고 비명이 터져 나왔다.

"꺄악! 케이가 도쿄에 왔대!"

"진짜? 어디 가면 볼 수 있는 거야?"

"일본에 무슨 일이지? 여행인 건가? 방송 출연은 안 해요?"

팔짱을 끼고 있던 PD가 무대 뒤쪽 스탭들이 보이게 손을 휘젓자 스튜디오에 큰 소리로 음악이 울려 퍼졌다.

갑자기 터져 나오는 음악 소리에 놀란 레나가 조용히 중얼거렸다.

"이거…… 케이 노래인데?"

스튜디오에 울려 퍼지는 건의 노래에 고개를 갸웃하던 패널들이 사회자 뒤의 커튼이 드리워진 동그란 문 뒤에 사람의 실루엣이 나타나는 것을 보고 소리를 질렀다.

"설마! 꺄아아악!"

"아, 아니겠지? 서, 설마?"

"꺄아악! 어떡해! 진짜야 이거?"

커튼 뒤에 나타난 실루엣을 보고 타다요치가 얼빠진 눈으로 PD를 보았다.

살짝 웃고 있는 PD는 이미 병준과 이 내용에 대해 협의했는지 팔짱을 낀 채 고개만 끄덕였다. PD 외의 다른 스탭들은 이 사실을 모르고 있는지 모두 기대에 찬 눈으로 커튼의 실루엣에 시선을 집중하고 있었다.

성격 급한 타이치가 커튼을 살짝 열고 고개를 커튼 속에 들이민 후 소리를 질렀다.

"우아아아아아악!"

타이치의 행동에 더욱 흥분한 패널들이 자리에서 엉덩이를 들썩였다. 우아함을 잃지 않고 있던 레나까지 자리에서 일어나 커튼 근처에 서서 실루엣을 자세히 보았다.

길고 약간 마른 듯한 다리를 가진 실루엣은 무척 키가 커 보였고, 바지 주머니에 손을 넣고 있는지 손은 보이지 않았다.

상기된 표정의 레나를 본 타다요시가 손가락질을 하며 외쳤다.

"으하하, 레나 씨 드디어 이성을 잃으셨군요!"

얼굴이 빨개진 레나가 볼을 부여잡으며 황급히 자리로 돌아가자 패널들이 웃음을 터뜨렸다.

아직 건의 노래가 울려 퍼지고 있는 스튜디오의 불이 어두워지며 커튼 쪽으로 스포트라이트가 비추었다.

두 손을 가슴에 모으고 손으로 눈 아래를 가린 B1 멤버 세 명의 눈이 점점 커질 때쯤 커튼이 끊어지며 바닥으로 떨어졌다.

"꺄아아악! 진짜다! 진짜 케이다!"

"아악! 케이! 사랑해요!"

"어머, 어머! 지, 진짜 잘생겼어!"

미소를 지은 건이 주머니에 손을 넣은 채 패널들을 둘러보다가 조용히 앉아서 미소 짓고 있는 시즈카를 보고는 다가가 그녀의 뒤에 선 후 어깨에 손을 얹었다. 자기도 모르게 몸을 부르르 떨던 B1의 칸나가 소리를 지르며 자신의 어깨를 내밀었다.

"케이 님! 케이 님! 제 어깨에도 손 올려주세요! 네? 네?"

건이 피식 웃으며 칸나가 내민 왼쪽 어깨에 손을 올려주자 눈을 꼭 감은 칸나가 비명을 질렀다.

"아악! 케이 님이 내 어깨를 만져주셨어!"

B1의 나머지 멤버들이 칸나를 밀며 소리를 질러댔다.

"비켜 봐! 케이 님! 저도요! 저도요!"

"저도 부탁드려요! 저는 손 잡아주세요!"

아이돌 소녀들에게 팬 서비스를 해준 건이 상기된 표정으로 자신을 보고 있는 평론가 유우마에게 살짝 인사를 했다.

유우마는 건이 먼저 인사를 해오자 황송한 표정을 지으며 벌떡 일어나 정중히 인사를 했고, 레나는 멍하니 건을 보고 있었다.

타이치가 다가와 레나의 눈앞에서 손을 흔들며 말했다.

"어이! 정신 차려. 레나 씨 좀 봐. 정신이 나갔는데?"

타이치의 손이 시야를 가리자 그것을 피하며 고개를 이리저리 돌려가면서도 건의 얼굴에서 눈을 떼지 못하는 레나였다.

PD가 손짓으로 그런 레나를 클로즈업하라는 지시를 하였고, 카메라 가득 눈이 하트로 변한 레나의 모습이 들어왔다.

잠시 패널들의 난리 치는 모습을 만류하지도 못하고 있던 타다요시가 PD와 눈짓으로 신호를 주고받은 후 말했다.

"자, 여러분 진정 좀 하시고 자리에 앉아주세요. 녹화는 해야죠."

패널들이 자리로 돌아가는 도중에도 끝까지 건의 손을 놓지 않았던 코코미에게 다가간 타이치가 억지로 손을 놓게 한 것을 마지막으로 스튜디오가 정리되었다.

상기된 표정으로 건을 보고 있던 타다요시가 겨우 정신을 부여잡고 말했다.

"에…… 너무 갑작스러워서 뭐라고 말해야 할지 모르겠군요. PD님 외에는 스탭들도 이 사실을 몰랐던 것 같네요. 타이치 씨는 알았나요?"

타이치가 팔짱을 끼고 황당한 얼굴로 말했다.

"지금 이 얼굴이 원래 알고 있던 사람의 얼굴로 보여요? 나도 엄청 놀랐다고요!"

"하하, 그렇군요. 저도 그렇습니다, 에…… 그럼 뭐부터…… 아! 케이 님, 시청자 여러분께 인사 부탁드립니다."

마이크가 없었던 건이 스탭들을 보자 황급히 다가온 스탭이 마이크를 주면서도 건의 얼굴을 얼빠진 눈으로 보았다.

마이크를 건네주고도 한참 건의 얼굴을 보고 있던 스탭을 본 타이치가 말했다.

"어이! 빨리 나가야지, 케이 님 얼굴 뚫어져!"

다시 패널들이 웃음을 터뜨렸고 얼굴이 빨개진 스탭이 황급히 뛰어나가자, 미소를 지은 건이 말했다.

"안녕하세요, 케이입니다. 반갑습니다, 여러분."

패널들이 호들갑을 떨며 박수를 치자 타이치가 나서며 말했다.

"깜짝 출연을 해주셔서 너무 감사합니다. 시즈카 양과 함께 오셨나요?"

"네, 사실 도쿄까지 함께 온 것은 아니지만, 시즈카의 일본 활동을 돕기 위해 왔습니다."

타다요시가 얼굴을 붉히고 있지만, 미소를 짓고 있는 시즈카를 본 후 물었다.

"평소 두 분이 친하신가 봅니다?"

건이 시즈카의 뒷모습을 본 후 그녀의 어깨에 손을 올리며 말했다.

"네, 친해요. 학교에서 친구라고 말할 수 있는 사람이 몇 명 안 되는데, 시즈카는 친한 친구라고 말할 수 있죠."

패널들의 부러움 섞인 비명이 터져 나오고 얼굴을 붉힌 시즈카가 자신의 어깨 위에 올려진 건의 손을 보며 더욱 얼굴이 빨갛게 변했다.

호들갑을 떨며 깍깍거리는 아이돌들과는 달리 멍하게 건의 얼굴을 보고만 있는 레나를 본 타다요시가 짓궂은 표정으로 말했다.

"레나 씨? 레나 씨는 질문 없나요?"

갑자기 자신의 이름이 불리자 화들짝 놀란 레나가 당황하다가 머뭇거리며 말했다.

"저…… 저기 케이 님. 혹시 애인 있으신가요?"

패널들이 레나의 표정과 질문을 듣고 웃음을 터뜨리자 타이치가 나서며 말했다.

"이봐요, 레나 씨? 정신 차리세요, 첫 만남부터 무슨 실례입니까?"

레나가 얼굴을 붉게 물들이며 손사래를 쳤다.

"아, 아! 죄, 죄송합니다!"

타이치가 과장된 몸짓으로 허리춤에 손을 올리며 말했다.

"하여간 여자들이란!"

타다요시가 웃음을 지으며 말했다.

"그럼 이번에는 유우마 씨에게 질문을 해보죠. 평소 케이나 시즈카 씨에게 묻고 싶었던 질문이 있으십니까?"

유우마가 마이크를 들며 자리에서 일어났다.

"에…… 먼저 이렇게 만나게 되어 영광입니다, 케이 님, 시즈카 양"

자리에 앉은 시즈카가 일어나며 마주 인사했고, 그녀의 뒤에 선 건 역시 고개를 숙여 보이자 유우마가 말을 이었다.

"이번에 발표하신 'Moonlight Butterfly'는 잘 들었습니다.

저도 한 명의 음악인으로서 그런 음악을 들려주신 두 분께 감사를 표하고 싶습니다."

건이 답을 하지 않고 시즈카에게 답을 하라는 듯 손짓하자 시즈카가 마이크를 들었다.

"아…… 고, 고맙습니다. 유우마 씨."

"립서비스가 아니니 겸손하실 필요는 없습니다. 'Moonlight Butterfly'의 피아노 연주는 지브리 스튜디오의 애니메이션 OST를 떠올릴 정도로 신비롭고 아름다운 음악이었습니다. 혹시 영향을 받으신 피아노 연주가가 계신가요?"

"아…… 영향이라기보다는 유키 구라모토 님과 사카모토 류이치 님을 존경합니다."

"음…… 그렇군요. 유키 구라모토는 충분히 영향을 받은 것으로 보이지만 사카모토 류이치는 의외군요. 클래식 뮤직 쪽이 아니라 전자음악 쪽의 뮤지션인데 말이죠."

"네, 맞습니다. 그래서 영향을 받았다기보다는 존경하는 분이라고 말씀드렸어요."

"그렇군요, 이번 곡의 작곡을 시즈카 양이 하셨다고 들었습니다. 맞나요?"

"아…… 그건……."

시즈카가 머뭇거리자 건이 마이크를 잡았다.

"시즈카가 작곡한 것이 맞습니다. 물론 저나 밴드의 친구들이 돕긴 했습니다만 기본적인 골격과 전체적 흐름은 모두 시즈카가 작곡했습니다."

유우마가 고개를 끄덕이며 말했다.

"연주도 훌륭했지만, 가사도 무척 좋은 곡이었습니다. 가사는 케이 님이 쓰신 건가요? 직접 노래를 부르셨으니까 아마도 그랬겠죠?"

건이 고개를 저었다.

"그렇지 않습니다. 가사 역시 시즈카가 썼고, 저는 단지 노래를 했을 뿐입니다.

유우마가 눈을 동그랗게 뜨고 물었다.

"전혀 손을 대지 않으셨다는 뜻인가요?"

시즈카가 나서며 손사래를 쳤다.

"아니에요, 음률이 맞게 수정하는 것은 케이가 했어요."

"아, 그럼 두 분이 같이 쓰셨다고 보면 될까요?"

건이 고개를 저었다.

"아닙니다. 제가 고친 건 네다섯 글자도 안 됩니다. 이건 시즈카의 인생이 담긴 노래이고, 그녀의 노래예요. 저는 그저 시즈카의 노래를 부른 것뿐입니다."

시즈카를 높이고 자신을 낮추는 건의 모습에 유우마가 따뜻한 미소를 지으며 고개를 끄덕였다.

"역시 겸손한 뮤지션이군요, 천사라고 불릴 만합니다. 그럼 시즈카 양, 뉴에이지이 풍의 연주를 선보이셨는데 앞으로도 그러한 연주곡으로 앨범을 발표하실 예정인가요?"

시즈카가 잠시 고민해 본 후 고개를 저었다.

"아직은 구체적인 계획을 세우지 않아서 뭐라 말씀드릴 수 없어요."

유우마가 시즈카와 건을 번갈아 보며 물었다.

"그럼 두 분이 앞으로도 함께 활동할 수도 있나요?"

스튜디오에 순간 긴장감이 흐르고 모두가 시즈카와 건에게 시선을 집중하자 당황한 시즈카가 뒤에 서 있던 건을 올려다보았다.

건이 그런 시즈카를 보며 미소를 지으며 살짝 고개를 끄덕이자 활짝 웃은 시즈카가 힘차게 말했다.

"네! 그럴 수도 있어요!"

"와아! 진짜야? 일본인이 케이와 함께 활동한다고? 대박이다!"

"꺄악, 그럼 일본에 자주 올 수 있겠네요. 케이! 자주 오세요!"

"맞아요, 한국에 들를 때마다 일본에도 와주세요, 케이. 기다릴게요!"

스튜디오가 소란해지자 박수를 치며 사람들의 시선을 끈 타다요시 주변을 환기시켰다.

"자자, 흥분을 가라앉히시고, 계속 질문을 이어가겠습니다."

메인 카메라 옆에서 순조롭게 녹화가 진행되는 것을 보고 있던 PD가 동시 통역사에게 물었다.

"매니저님께 다음 방송이 무엇인지 물어봐 주세요."

통역사가 병준에게 묻자 병준이 스케줄표를 보고 말했다.

"다음 방송은 아사히TV의 뮤직 스테이션입니다. 내일이고요."

통역사를 통해 전달을 받은 PD가 다시 물었다.

"우리 방송은 다음 주인데 그건 생방송이잖아요? 그럼 그쪽 방송에 케이가 먼저 출연하게 되는 것 아닙니까?"

통역사가 병준과 이야기한 후 고개를 끄덕이자 PD가 조연출을 불러 지시했다.

"내일 방송될 분량은 다음 주로 미룬다. 오늘 밤을 새워서 편집하고 내일 바로 방송 내보내. 뮤직스테이션 방송보다 우리가 앞 시간에 편성되어 있으니까 우리 방송부터 나가도록 조절해, 지금 즉시!"

조연출이 고개를 끄덕인 후 급하게 작가들을 모아 회의를 진행하는 것을 본 PD가 통역사에게 고개를 끄덕였다. 통역사가 병준에게 사실을 알리자 별문제 없다는 듯 고개를 끄덕인 병준이 팔짱을 끼고 녹화가 진행되는 스튜디오를 보았다.

스튜디오 가운데에 홍조 띤 얼굴로 연신 미소를 짓고 있는 시즈카와 그녀 뒤에서 웃고 있는 건을 본 병준이 손목시계를 보며 중얼거렸다.

"이러다 라디오 방송에 늦겠는걸?"

전화를 든 병준이 통화를 하며 스튜디오를 뛰어나갔다.

PD는 프로였다.

녹화가 끝나고 건의 주변에 모여들어 사진과 사인을 요구하는 패널들과 스탭들을 밀어낸 PD가 건의 눈을 똑바로 바라보며 손가락으로 대기실을 가리켰다.

"사진 찍어주시면 안 됩니다. 무엇보다 보안이 중요하니, 빠르게 대기실로 이동하세요. 거기! 핸드폰 집어넣어!"

용의주도하게도 몰래 사진을 찍은 것으로 보이는 스탭들의 핸드폰까지 확인해서 건의 사진을 지운 PD가 다시 한번 건과 시즈카에게 고갯짓을 하며 외쳤다.

"빨리 들어가세요!"

병준이 건과 시즈카의 손을 잡고 잡아끌어 대기실에 들여보낸 후 문을 닫았다. 포기하지 않은 아이돌 소녀들이 병준과 실랑이를 했지만 완강한 병준은 끝까지 대기실 문 앞을 지켰다.

잠시 후 포기한 듯 밖으로 나간 아이돌들을 보며 한숨을 내쉰 병준이 PD와 논의를 위해 잠시 자리를 비운 사이 키가 작고 안경을 쓴 보통 체형의 남자가 눈치를 보며 대기실 문을 두드렸다.

똑똑.

대기실 안에 있던 건이 살짝 문을 열자 남자가 건의 얼굴을 확인한 후 머뭇거리며 말했다.

"시, 실례합니다. 저, 저는 레나 씨의 매니저 다카시 준이치라고 합니다."

살짝 문을 열었던 건이 주위 눈치를 본 후 아무도 없는 것을 확인 후 문을 열며 밖으로 나왔다.

안에 있는 시즈카를 보호하기 위해 문을 닫은 건이 살짝 목례를 하며 말했다.

"네, 레나 씨면 아까 패널 분 중 한 분이시죠?"

"에, 예, 예! 마, 맞습니다. 우리 레나 씨로 말할 것 같으면 후지 TV의 드라마 네 편을 비롯해 각종 광고와 영화계에까지 진출하고 있으며 현재 일본에서 가장 인기 있는 여배우입니다!"

건이 영문을 모르겠다는 표정을 지으며 말했다.

"아…… 예, 그런데 무슨 일이신가요?"

다카시가 머뭇거리며 바지 주머니에 손을 넣어 작은 포스트 잇을 내밀며 허리를 숙였다.

"시, 실례했습니다! 레나 씨가 전해달랍니다!"

건이 종이를 받아 들어 내용을 확인하기도 전에 다시 한번 허리를 숙인 다카시가 소리쳤다.

"바, 방해해서 죄송합니다! 그, 그럼!"

건이 뭐라고 말하기도 전에 복도를 뛰어 사라지는 다카시를 본 건이 어깨를 으쓱하며 문을 열고 대기실 안으로 들어왔다.

소파에 다소곳이 앉아 밖에서 들리는 대화소리에 귀를 기울이던 시즈카가 물었다.

"무슨 일이에요? 레나 씨 이야기가 나오던데요?"

건이 소파의 맞은편에 앉으며 종이를 들었다.

"몰라, 이걸 주고 가네. 레나라는 사람 유명해?"

시즈카가 손을 모으며 말했다.

"그럼요! 아까 패널에 레나 씨가 있는 것을 보고 얼마나 놀랐는데요. 우리 엄마가 보는 드라마 주인공이기도 하고, 데뷔한 지 얼마 되지 않아 영화와 광고에도 많이 나오는 분이에요."

"흐응, 그렇구나."

건이 종이에 쓰여 있는 글을 본 후 피식 웃었다.

시즈카가 궁금하다는 듯이 건에게 가까이 다가오려 하자 종이를 확 구겨 쓰레기통에 던져 넣은 건이 말했다.

"별거 아니니 신경 쓰지마. 다음 스케줄은 라디오지? 그럼 난 호텔에 박혀 있어야겠다. 내일 무대 전까지는 내가 온 것은 비밀이니까."

시즈카가 쓰레기통을 잠시 바라보다가 미안한 얼굴로 말했다.

"미안해요, 답답하죠? 나 때문에 계속 숨어 있어야 하고."

건이 대기실에 설치된 거울을 보며 머리를 매만졌다.

"아냐, 나 혼자 왔어도 스케줄 빼고는 숨어 다녀야 하는 것은 똑같은 걸 뭐. 신경 쓰지마."

시즈카가 무슨 말을 더 하려는 찰나 대기실 문이 열리며 병준의 얼굴이 쑥 들어왔다.

"건아, 잠깐 나와 봐."

"네, 형."

건이 병준과 함께 대기실 밖에서 기다리고 있는 PD와 이야기를 나누는 것을 보던 시즈카가 문이 반쯤 닫힌 것을 보고 살금살금 쓰레기통에 다가가 건이 버린 종잇조각을 꺼냈다. 바스락거리는 소리가 나지 않게 조심스러운 몸짓으로 종이를 편 시즈카의 눈이 커졌다.

오크우드 아파트먼트 롯폰기 센트럴 1103호, PM 09 : 30.

누가 썼는지도 나와 있지 않았지만 레나의 매니저가 직접 주고 간 메모를 누가 썼는지 유추하는 것은 바보도 할 수 있는 일이었다.

손에 힘을 주어 종이를 구긴 시즈카가 붉게 달아오른 얼굴로 메모지를 북북 찢기 시작했다. 잘게 찢어 누구도 알아볼 수 없을 만큼 갈기갈기 찢은 후에도 분이 안 풀리는지 씩씩거리던 시즈카가 반쯤 열린 문 사이로 건의 얼굴이 들어오자 빠르게 볼을 두들겼다.

"어? 시즈카, 어디 아파? 얼굴이 빨개."

"뭐? 어디 봐."

건의 말에 병준까지 문 사이로 고개를 들이밀자 얼른 신색을 회복한 시즈카가 어색하게 웃으며 말했다.

"아, 아, 아니에요. 괜찮아요, 히, 히터가! 히터가 너무 강하게 나와서 더, 더, 더워서 그, 그, 그래요!"

병준이 손을 내밀어 히터 바람을 느끼며 천장을 바라보다가 고개를 갸웃했다.

"별로 안 강한데? 진짜 어디 아픈 것 아니지?"

시즈카가 자리에서 일어나 손을 마구 흔들며 말했다.

"아니에요! 아니에요!"

병준이 의심스러운 눈으로 시즈카를 위아래로 보다가 손목시계를 본 후 말했다.

"알았어, 라디오 스케줄까지 한 시간 남았어. 시내라 막힐 수 있으니까 빨리 출발하자."

시즈카가 얼른 짐을 챙기는 것을 본 병준이 아직 대기실 문밖에 서 있는 건에게 말했다.

"직원한테 말해뒀으니까 넌 이 길로 호텔로 들어가. 직원 이름으로 호텔 예약해 놨어. 투숙객에 넌 없으니까 우리 직원 대신 네가 들어가서 쉬면 돼. 혹시 걸리면 안 되니까 룸 서비스 시키지 말고 필요한 것 있으면 직원한테 시켜, 알았지?"

건이 고개를 끄덕이며 걸음을 옮기려 하자 건의 어깨에 손을 올린 병준이 말했다.

"사고 치지 마라, 응? 제발 부탁이다."

실소를 지은 건이 병준의 손을 떼어내며 말했다.

"호텔 가서 키스카한테 전화해야 해요. 오늘은 안 나올 테니까 걱정 마요."

"키스카? 걔가 통화가 가능해?"

"그레고리 전화로 영상 통화 해야 돼요. 아침에 전화 왔었는데 어제까지는 디즈니랜드에 정신이 팔려서 괜찮다가 오늘 또 날 찾는다고 해서요. 호텔 방이 집인 것처럼 거짓말하고 통화 좀 해달래요."

"허, 너도 참 고생이다. 딸 키우는 것도 아니고."

"하하, 저도 키스카 보고 싶으니까 괜찮아요."

"그럼 오늘 안 나가는 거지?"

"네, 형."

"스케줄 끝나고 호텔가면 10시쯤 될 거야. 쉬고 있어라. 같은 방은 아니지만 어쨌든 시즈카나 내 방은 같은 층이니까 필요한 것 있으면 전화하고."

"네, 아까 직원분한테 들었는데 제 방은 2301호래요."

"어 난 2306호고, 시즈카는 2309호야."

"네, 알았어요, 다녀오세요. 시즈카! 잘 다녀와!"

가만히 귀에 온 신경을 집중하고 듣던 시즈카가 화들짝 놀라며 외쳤다.

"네, 네! 쉬, 쉬세요!"

병준이 잠시 자신의 짐을 챙기는 동안 시즈카가 무언가를 중얼거렸다.

"2301호. 스케줄이 끝나는 시간은 10시. 레나 씨가 부른 시간은 9시 30분……."

건과 헤어져 라디오 프로그램을 녹음하러 가는 시즈카가 계속 손목시계를 확인하자 옆자리에서 스케줄 표를 확인하던 병준이 의아한 눈으로 물었다.

"시계는 왜 자꾸 봐? 아직 시간 여유 있어."

시즈카가 깜짝 놀라며 몸을 바로 세웠다.

"아! 아, 아니에요!"

병준이 미심쩍은 얼굴로 물었다.

"너 진짜 어디 아픈 거 아니지?"

"네, 네!"

"아프면 바로 말해라. 우리 회사 아픈 연예인 억지로 일 시키는 곳 아니다. 스케줄 펑크 내더라도 병원부터 갈 테니까, 아프면 참지 말고 말해."

"네, 네! 가, 감사해요, 매니저님."

병준이 한숨을 쉬며 말했다.

"시즈카, 내가 너한테 반말하고 있지? 그게 무슨 의미인 줄 알아? 너도 내 친동생처럼 생각하려는 내 의지의 표현이야. 난 원래 내가 매니징하는 연예인에게 말을 놓지 않는단 말이야. 왜? 비즈니스 관계니까. 하지만 넌 건이 친구이기도 하고 내가 제대로 키워내고 싶은 아이라 말을 놓는 거야. 어렵게 대하지 마라."

"네……. 감사해요, 매니저님."

"에혀……. 말을 말자."

포기한 병준이 다시 스케줄표로 시선을 주자 조금 초조해 보이는 시즈카가 창밖을 보며 주먹을 꼭 쥐었다.

'아, 아무 생각도 안 나잖아! 케이를 지켜야 해!'

병준의 걱정과는 달리 라디오 프로그램을 열심히 녹음한 시즈카는 녹음이 끝나고 스탭들과 인사를 나누자마자 병준을 졸라 차에 올랐다.

"기사님! 빨리 출발이요!"

손목시계를 본 시즈카가 다급한 눈으로 창밖을 보았다.

'9시 40분! 최대한 빨리 마무리했는데도 9시 30분이 지났어! 빨리 가야 해!'

병준이 시즈카의 얼굴을 의아한 눈으로 살피다가 한숨을 쉬며 중얼거렸다.

"속을 모르겠네. 피곤해서 그런가?"

호텔에 도착한 시즈카가 짐도 내리지 않고 뛰어내려 다급히 엘리베이터를 눌렀다.

오늘따라 늦게 오는 엘리베이터 층수 표기를 발을 동동 구르며 보던 시즈카가 엘리베이터에 타 23층 버튼을 마구 눌렀다.

호텔 로비에서 23층까지 가는 시간이 영원인 것 같이 길게 느껴진 시즈카가 엘리베이터가 서자 달려가 2301호의 앞에 서서 조용히 문에 귀를 대보았다. 안에서 인기척이 느껴지지 않자 다급해진 시즈카가 벨을 눌렀다.

띵동.

안에서 아무 답이 없자 시즈카가 울상을 지으며 벨을 마구 눌렀다.

띵동, 띵동, 띵동.

시즈카의 예쁜 눈에서 눈물이 나오기 직전 문이 열리며 젖은 머리에 수건을 어깨에 두른 건이 얼굴을 내밀었다.

"어, 시즈카. 스케줄 끝났어?"

눈물을 글썽이던 시즈카가 급히 눈을 비비며 활짝 웃음을 지었다.

"네, 네!"

건이 고개를 빼고 복도를 두리번거린 후 말했다.

"어, 그래. 늦었는데 어서 가서 쉬어, 피곤할 텐데."

시즈카가 활짝 웃으며 고개를 살짝 숙였다.

"네! 케이도 잘 자요!"

건이 이상하게 밝은 시즈카를 의아한 눈으로 보다가 고개를 끄덕였다.

"응……. 시즈카도 잘 자."

건이 문을 닫을 때까지 건을 빤히 보던 시즈카가 기분이 나아졌는지 깡총깡총 뛰며 자신의 방으로 돌아가다가 멈칫했다. 손목시계를 들어 시간을 확인한 시즈카가 잠시 고민스러운 표정을 짓더니 다시 건의 방 앞으로 살금살금 걸어와 벽에 등을 기대고 쪼그리고 앉았다.

'11시까지만 지키자! 혹시 모르니까.'

결국, 밤늦은 시간까지 건의 방 앞에 쪼그리고 앉았던 시즈카는 불안한 마음에 새벽 한 시가 되어서야 안도의 한숨을 쉬며 방으로 돌아갔다.

자신의 방문을 살짝 열고 눈만 내놓고 시즈카의 모습을 지켜보던 병준이 방으로 돌아가는 그녀를 확인한 후에야 소리가 나지 않게 문을 닫은 후 한숨을 쉬었다.

"휴…… 키스카가 알면 아빠 총을 빼앗아 쏠지도 모른다, 시즈카…….'

냉장고를 열어 맥주 한 캔을 꺼낸 병준이 창문으로 보이는 일본의 밤거리를 보며 생각에 잠겼다가 주먹으로 창문을 치며 외쳤다.

"난 왜 인기가 없는 거냐! 다음 연예인은 무조건 못생긴 개그맨으로 할 테다! 옆에 서면 내가 더 잘생겨 보이는 놈으로!"

♪♪♫

뮤직스테이션 녹화일 아사히 TV 앞.

녹화를 위해 촬영장으로 들어서는 길에 가수들의 팬들이 풍선과 플래카드를 흔들며 늘어서 있었다.

경호원들이 곳곳에 서서 갑자기 난입하려는 팬들로부터 연예인을 지켰지만 비교적 질서정연한 일본 팬들은 라인 밖에 서서 자신이 좋아하는 연예인이 지나갈 때만 소리를 지르거나, 이름을 불러댔다.

그런 녹화장에 노란 풍선과 노란 티셔츠를 입은 한 떼의 사람들이 한쪽 구석에 서서 각자 핸드폰을 보며 심각한 얼굴을 하고 있었다.

머리를 양 갈래로 귀엽게 묶은 십 대 소녀가 동그란 안경을 추켜 올리며 옆에 선 포니테일 타입의 머리를 한 소녀에게 말했다.

"이거 봐, 코하루. 어제 예능 방송 녹화장에 케이가 나타났었다는 소문이 있다고 했잖아. SNS에 또 올라왔어."

코하루가 정갈하게 묶은 머리를 매만지면서 코웃음을 쳤다.

"흥, 아야노, 그 도시 괴담 같은 이야기를 믿어? 생각을 해 봐. 케이가 일본에 왔는데 그걸 아무도 모르는 것이 말이 된다고 생각하는 거야?"

아야노가 볼을 부풀리며 핸드폰을 내밀었다.

"이거 봐. 이 사람 자기가 그 방송 조명 스탭이라고 밝혔어."

아야노 내민 핸드폰을 본 코하루가 고개를 절레절레 저었다.

"뭐야, 그게. 그냥 글 몇 자뿐이잖아. 사진도 없고 말이야. 케이가 함께 오면 너무 좋겠지만 우린 일단 시즈카 언니를 응원 온 거니까 열심히 응원하면 돼."

아야노가 불만스러운 표정으로 코하루를 보다가 주변에 같은 노란색 옷을 입고 있는 사람들을 둘러보았다.

"그런데 사전 녹화 때 들어갈 수 있을까? 생각보다 사람이 많은데 말이야."

코하루 역시 살짝 불안한 표정으로 주위를 보았다.

"팬클럽이 만들어진 것이 얼마 안 되어서 경쟁률이 약할 줄 알았는데 착각이었어. 어쩐지 팬클럽 창단 삼 일 만에 클럽 인원이 삼만 명이 넘을 때부터 조금 불안하긴 했는데 말이야. 엇! 저기 또 온다!"

코하루가 가리킨 곳에서 또 다른 노란 옷을 입은 사람들 백여 명이 우르르 이쪽으로 걸어오는 것을 본 아야노가 다급히 외쳤다.

"빨리 가서 AD가 나올 만한 곳에 서 있자!"

"그래! 뛰어!"

어느새 삼백여 명까지 불어난 노란 옷의 떼거리 사이를 피해 건물 앞을 서성거리던 아야노가 물었다.

"사전 녹화는 딱 백 명까지만 들어갈 수 있지?"

연신 건물 안쪽을 살피며 AD가 나오는지 확인하고 있던 코하루가 건물 문에서 시선을 거두지 않고 고개를 끄덕였다.

"응, 절대 백 명 이상은 안 들여보내 줘. AD가 시즈카 언니 부르는 순간 선착순이야! 여기서부터는 각자 생존이니까, 아야노 너도 열심히 따라붙어."

아야노가 결연한 표정으로 주먹을 꼭 쥐며 말했다.

"응! 오늘이 아니면 시즈카 언니 얼굴을 언제 또 보겠어? 케이와 함께 활동하면 분명 미국이 주 무대일 텐데, 언제 올지도 모르는 기약 없는 기다림을 버티려면 오늘 꼭 얼굴을 보고 말겠어!"

코하루 역시 주먹을 불끈 쥐며 소리쳤다.

"그래! 그 정신이야! 자 정신 똑바로 차리는 거야!"

매의 눈으로 사방을 보던 두 사람의 눈에 건물 문을 열고 나오는 사람의 손에 큐 시트가 들려 있는 것이 걸리자 재빨리 뛰어 그 사람의 앞으로 뛰어갔다. 자신이 뭐라고 말하기도 전에 자신 앞에 온 두 소녀를 본 남자가 잠시 두 사람을 보다가 소리쳤다.

"시즈카 미야와키 님 팬들 이쪽으로 오세요! 선착순 백 분만 사전 녹화 들어갑니다!"

"으아아아아아! 뛰어!"

"빨리! 빨리 뛰어!"

우르르 몰려오는 사람들 사이로 몇 명이 넘어지는 등 난리가 났지만 맨 앞에 서서 엉덩이로 뒤에서 밀고 들어오는 사람들을 밀어내는 두 사람의 얼굴에 승리의 미소가 번졌다.

손에 든 숫자를 세는 기계로 정확히 백 명에서 끊은 AD가 뒷사람들을 밀어내며 말했다.

"아쉽지만 여기까지입니다."

마지막에 끊긴 안경 쓴 뚱뚱한 남자가 카메라를 들고 흔들며 외쳤다.

"저까지만 들여보내 주세요! 네? 네? 저 오사카에서 시즈카 님 보러 여기까지 새벽 열차 타고 온 거란 말이에요!"

남자가 소리를 지르자 뒤에 있던 사람들도 아우성을 쳤다. 하지만 단호한 표정의 AD는 냉정한 표정으로 딱 잘라 말했다.

"사전 녹화는 백 명으로 정해져 있습니다. 더 항의하시면 정식으로 팬클럽에 M스테 출입금지령을 내리겠습니다. 물러나세요."

M스테 출입금지령을 받은 팬은 팬클럽의 위상을 떨어뜨렸다는 이유로 제명을 당한다는 것을 아는 팬들이 울상을 지으며 물러나자 백 명에 속한 팬들이 싱글싱글 웃으며 그들을 보았다.

부러운 눈으로 지켜만 보던 팬들은 시즈카의 입장이라도 보기 위해 빠르게 입구로 이동했고, AD는 백 명의 팬들을 인솔해 사전 녹화가 있는 스튜디오로 이동했다.

"자, 통제에 따라주세요. 이동 중에 제가 인솔하는 것에 따르지 않는 분은 퇴장시키겠습니다. 두 줄로 서서 따라와 주세요."

얌전하게 두 줄로 선 팬들이 녹화장으로 입장했다. 사전 녹화는 몇몇 가수에게만 허락되는 것으로 시즈카와 같이 세계적인 인지도를 가진 가수들이 자신만의 무대를 꾸민 스튜디오에서 녹화를 진행하는 형식이었다.

녹화장으로 안내받은 팬들이 시즈카의 무대를 보며 탄성을 질렀다.

"와! 무대 봐! 진짜 예쁘다!"

"조명 봐, 은은한 핑크색 조명에, 바닥에 황금색 나비도 있어!"

대형 스튜디오에는 팡타지오에서 만든 세트장이 설치되어 있었다. 사각형의 멀티 비전이 박스 형태로 여러 개 쌓여 있고, 바닥에는 멀티 비전으로 날갯짓하는 황금색 나비가 출력되고 있었다.

전체적으로 핑크색 조명으로 따뜻하고 예쁜 분위기가 나는 스튜디오 가운데에 금색 그랜드 피아노가 놓여 있는 것을 본 팬들이 핸드폰을 꺼내 사진을 찍어대기 시작했다.

그런 팬들에게 잠시 사진을 찍을 시간을 준 AD가 외쳤다.

"자자, 이제 자리에 앉아주세요! 녹화 진행 중에는 일어나시면 안 됩니다. 또 너무 큰 응원으로 오디오에 소리가 물리지 않도록 조심해 주세요."

하나부터 열까지 깐깐하게 챙기는 뮤직스테이션 PD 밑에서 구르던 AD답게 세심한 부분까지 한참 동안 주의를 준 AD가 자리를 뜨자 두근거리는 마음으로 무대를 보던 아야노가 상기된 표정으로 옆에서 바람 빠진 풍선에 다시 공기를 불어넣고 있는 코하루를 보았다.

"코하루! 나 M스테 처음 들어와 봐!"

코하루가 볼을 부풀려 풍선에 바람을 한껏 불어 넣은 후 묶으며 말했다.

"난 이번이 네 번째야. AKB48 무대 때도 왔었고, 핑크 레이디 공연도 왔었어. 작년에 유루메루모 공연 때는 진짜 멘붕이었지. M스테에서 그런 돌 아이 짓을 하는 아이돌이 있을 거라고는 생각도 못 했거든."

"유루메루모? 아노 짱이 있는 걸그룹 말이지?"

"응, 진짜 이상한 표정으로 미친 것 같은 행동하는 게 재미있어서 와봤는데, 음악성은 모르겠더라."

"헤헤 그래도 난 TV에서 보면 재미있던데 말이야."

"재미는 있지, 그래도 가수라면 음악으로 승부해야 되는 것 아니겠어?"

"응, 그건 그래. 그래도 난 노래도 괜찮던데. 어? 나, 나오려나 봐!"

아야노의 말에 고개를 번쩍 든 코하루의 눈에 스카이 블루 원피스를 입은 시즈카가 무대 위로 오르는 것이 보였다.

"꺄아아아아악! 시즈카 언니이이이이!"

"엄마야, 진짜 청순하게 생겼어! 꺄악!"

"시즈카아아! 네 신랑 여기 왔다!"

"뭐래! 시즈카는 나의 여신이라고!"

팬들의 아우성 소리를 들은 시즈카가 수줍게 웃으며 머뭇머뭇 무대 중앙에 서서 마이크를 들었다.

"오늘 먼 곳까지 와주셔서 응원해 주시고, 너무 감사합니다."

"와아아아아아아!"

"예뻐요 언니!"

"아름답다! 예쁘다! 사랑해요, 시즈카!"

팬들이 환호를 해주자 작게 미소를 지은 시즈카가 살짝 고개를 숙였다. AD가 시즈카에게 다가오며 말했다.

"시즈카양, 여기가 무대 중앙입니다. 두 걸음만 왼 쪽으로 갈게요. 네, 네. 거기입니다. 처음 입장하시면 거기 서시면 되고요, 인사를 하신 후 자연스럽게 걸어서 피아노로 가시면 됩니다."

시즈카가 살포시 웃으며 머리를 귀 뒤로 넘기자 AD의 얼굴이 붉어졌다. 잠시 동선을 체크해 보던 시즈카가 피아노 앞에 앉아 본 후 손을 풀려는 듯 짧은 연주를 하자 부산하게 움직이며 준비를 하던 스탭들이 너무 아름다운 피아노 소리에 하던 일을 멈추고 시즈카를 보았다.

팬들뿐 아니라 스탭들까지 모두 시즈카를 보고 있자 모니터 스피커에서 PD의 날카로운 목소리가 터져 나왔다.

"다들 뭐 합니까! 시간이 없으니 빨리 움직여요!"

상황실에서 모니터를 지켜보던 PD의 뾰족한 외침 덕에 정신을 차린 스탭들이 부산하게 움직이기 시작하자 손을 털며 피아노에서 일어난 시즈카가 AD에게 말했다.

"준비되었어요, AD님."

AD가 잠시 주위를 두리번거리다 시즈카에게 가까이 다가와 귓속말로 물었다.

"저…… 케이 님은 어디 계십니까?"

시즈카가 동그랗게 눈을 뜨고 자신과 AD를 보고 있는 팬들을 힐끔 본 후 손으로 입을 가리고 말했다.

"제 대기실에 있어요, 걱정 마세요."

AD가 안도의 한숨을 쉬며 고개를 끄덕였다.

"휴, 시간에 맞추셨군요, 다행입니다. 미리 듣기로는 피아노 연주 시작하고 1분 13초 후에 케이가 등장하는 것으로 들었는데, 맞지요?"

"네, AD님. 맞아요."

"알겠습니다. 케이가 등장할 곳을 체크해 드릴게요. 시즈카 양이 들으시고 전달 부탁드립니다."

"네 AD님."

AD의 지시사항을 자세히 듣던 시즈카가 무대 뒤로 사라지고 약 5분 후 무대의 조명이 살짝 어두워졌다. 곧 사전 녹화가 시작된다는 것을 눈치챈 팬들이 기대에 찬 눈으로 두근거리는 가슴을 안고 무대에 집중했다.

M스테의 터줏대감인 남자 성우가 시즈카를 소개하는 목소리를 내자 팬들이 소리를 질러대기 시작했다.

AD가 분위기를 살피며 팬들의 아우성이 잦아들기를 기다렸다가 큐 시트를 말아 쥔 손을 빙글빙글 돌리자 신호를 받은 스탭이 무대 뒤에 서 있던 시즈카에게 외쳤다.

"지금입니다, 나가세요!"

시즈카가 재빨리 무대 위로 올라서려 하자 병준이 그녀의 등을 두들겨 주며 말했다.

"뒤는 맡기고 즐기고 와!"

"네, 매니저님!"

핑크색의 조명이 따뜻함을 더한 무대 위에 올라선 시즈카가 머리를 귀 뒤로 넘기며 AD가 미리 지정해 둔 무대 중앙에 서서 정중히 인사를 하자 환호가 터져 나왔다.

살포시 웃어준 시즈카가 피아노로 걸어가 앉은 후 눈을 감았다. 그녀가 잠시 숨을 고르는 동안 조용해진 팬들이 그녀의 손 끝에 온 신경을 집중하는 순간 M 스테의 무대에 너무도 아름다운 선율의 피아노 연주가 울려 퍼지기 시작했다.

끝없이 펼쳐진 대자연의 아름다운 평원에 양 떼가 뛰어놀고 풀피리를 입에 문 채 평원을 뛰어다니는 환상에 빠진 아야노가 자기도 모르게 눈을 감고 손을 가슴에 모은 채 조금씩 몸을 움직이며 연주에 빠져들었다.

한참 시즈카의 연주를 들으며 자신만의 세계에 빠져 있던 아야노가 갑자기 터져 나오는 팬들의 아우성에 눈을 떴다.

"케, 케이다!"

"지, 진짜야? 지, 진짜 케이가 일본에 온 거였어?"

"그거 봐! 도시 괴담이 아니었다니까! 꺄아아아악! 케이이!"

눈을 뜬 아야노의 눈에 마이크를 쥐고 그랜드 피아노 쪽으로 걸어오고 있는 미소를 띤 엄청난 미남이 들어왔다.

입을 떡 벌린 채 침을 질질 흘리고 있는 코하루가 한 손을 들어 흘러나온 침을 닦으며 중얼거렸다.

"저…… 저게 사람이야, 악마야? 엄청 섹시하게 생겼다……."

검은 코트, 검은 셔츠, 검은 슬랙스에 검은 구두까지 온통 검은색의 옷을 입은 건이 하얀 얼굴에 새빨간 입술을 비틀어 미소를 지었다.

천사 같던 건의 원래 이미지와 다르게 악마보다 더 악마 같아 보이는 건이었지만 지금 그는 사악해 보이기보다 섹시하고 장난꾸러기 같은 느낌이었다.

황금색 피아노에 앉아 눈을 감고 고개를 흔들며 집중해 피아노를 연주하고 있는 시즈카의 주위를 빙글빙글 돌며 그녀의 집중력을 방해하듯 장난을 치던 건이 황금색 그랜드 피아노에 엉덩이를 살짝 걸치고 마이크를 들었다.

목련의 향기가.
코 끝을 간질이고.
장난스러운 풀벌레가.
너에게로 인도한 그 날.

건의 목소리에 귀를 기울이던 아야노가 얼굴을 붉히며 몽롱한 눈빛으로 건을 뚫어지게 보았다.

아야노뿐 아니라 코하루와 백 명의 관객 중 여성 관객은 모두 비슷한 현상을 겪고 있었다.

시종일관 섹시한 미소로 관객들을 깔아 보듯 노래하던 건이 그랜드 피아노에서 엉덩이를 떼고 무대 중앙으로 걸어 나왔다.

건의 뒤에서 핑크색 불을 뿜어대던 대형 멀티비전이 건의 걸음에 반응하듯 전기 파장을 일으키며 건을 쫓아왔다.

건이 무대 중앙에 서자 건을 따라오던 전기파장이 뭉쳐져 건의 뒤에서 검은 날개로 변했다. 건이 한팔을 펼치며 고개를 들자 검은 날개가 펼쳐지며 검은 깃털들이 사방으로 뿜어졌다.

검고 반짝거리는 너를.

크고 무서웠었던 너를.

네가 들려주었던 소리.

크고 아름다웠던 소리.

작고 감미로웠던 소리.

작고 무서웠었던 나는.

너의 목소리에 귀를 기울여.

건의 아름다운 목소리가 흩날리는 검은 날개와 어우러지자 코하루가 넋을 잃은 채 말했다.

　"지…… 진짜 악마 같아. 그, 그것도 엄청 섹시하고 사랑하고 싶은 그런 악마……."

　옆자리에 앉아 있던 아야노가 팔을 들어 침을 닦은 후 고개를 끄덕였다.

　"마…… 맞아. 대, 대박이야."

　건이 그랜드 피아노 주위를 뛰어다녔다.

　마치 피아노라는 악마가 시즈카에게 자신과 놀아달라 재촉하는 것 같은 느낌을 준 건이 시즈카의 옆자리에 앉았다.

　관객석에 보면 피아노 쪽을 보고 연주하고 있는 시즈카의 옆모습 뒤에 건이 몸을 반대로 앉은 구도였다.

　몸을 뒤로 젖혀 시즈카의 얼굴을 본 건이 다시 마이크를 들었다.

　세월을 지나온 너와 나의 교감만큼.

　기어이 버텨낸 오늘 하루만큼.

　수많은 좌절에도 견디고 버텨줄.

　그 견고함 만은 부디 내 것 일 수 있기를.

　조금 더 행복하고 조금 더 견고하게.

　지금껏 그랬듯이 언제나.

연주를 하고 있던 시즈카의 긴 속눈썹이 파르르 떨리며 눈을 뜨자 왼쪽 대형 화면에 비치던 시즈카의 옆 모습이 클로즈업되었다.

진짜 사랑하는 사람을 보는 듯 애정이 듬뿍 담긴 눈으로 건을 보는 시즈카와 싱글싱글 웃으며 장난스럽게 시즈카를 바라보는, 두 사람을 본 관객들이 소리를 질러댔다.

"꺄악! 둘 다 진짜 예뻐!"

"둘이 너무 잘 어울려요!"

"아니, 남자랑 여자인데 어떻게 둘 다 저렇게 예쁘다는 말이 어울릴 수가 있지?"

"바보야, 케이잖아!"

"꺄아아아악! 장면을 찍어서 간직하고 싶어요!"

"어? 어어! 케이가 들어간다!"

"꺄악! 어디가요, 케이!"

1절만 부르고 무대 뒤로 사라지는 건을 본 관객들이 아우성쳤지만, 무대 위에서는 시즈카의 연주가 계속되고 있었다.

간주가 지나고 2절이 시작되는 부분이 다가왔지만, 여전히 보이지 않는 건 덕에 관객들이 웅성거렸다. 시즈카는 그런 상황을 모르는지 여전히 눈을 감고 행복한 미소를 지으며 연주를 계속했다.

웅성거리는 팬들의 모습을 보던 아야노가 시즈카의 연주가 변하기 시작하자 눈을 동그랗게 뜨고 말했다.

"뭐…… 뭐야? 피아노 연주에 가사 멜로디를 같이 연주한다고? 손이 세 개라도 되는 거야?"

코하루 역시 놀란 얼굴로 시즈카를 뚫어지게 보았다.

카메라 스탭들이 시즈카의 손 움직임을 클로즈업했고, 오디오 스탭들이 경악한 눈으로 귀에 쓰고 있던 스피커를 귀 쪽으로 더욱 끌어당겼다.

기존의 피아노 연주 위에 건의 목소리와 같은 멜로디까지 한꺼번에 연주하고 있는 시즈카의 손이 네 개가 된 듯 바쁘게 움직이는 것을 본 팬들이 자리에서 일어났다.

하지만 누구 하나 소리를 치거나 놀란 목소리를 내지 못하고 그저 멍하니 왼쪽 대형 스크린에 비친 시즈카의 손이 건반 위에서 춤을 추는 것을 보고 있었다.

무대에서 내려온 건이 계단을 내려오며 시즈카의 연주를 듣고 미소를 지었다.

옆에서 다가온 병준이 그런 건의 등을 툭 치며 말했다.

"고맙다. 1절만 하는 건데 일본까지 오게 해서 미안하고. 아쉽지 않아? 그래도 M스테는 일본 최고의 무대인데 말이야. 너도 끝까지 하고 싶었을 거잖아."

건이 미소를 지으며 다가온 스탭에게 마이크를 넘긴 후 커튼에 가려 보이지 않는 무대를 힐끔 보며 시즈카의 연주에 귀를 기울이다 말했다.

"시즈카의 무대니까."

건이 조용히 무대를 벗어나 대기실로 향하는 것을 본 병준이 그의 뒷모습에 대고 조금 큰 소리로 말했다.

"어디가? 시즈카 무대 아직 안 끝났어!"

뒤도 돌아보지 않고 한 손을 들어 괜찮다는 신호를 보낸 건이 걸음을 멈추지 않고 대기실로 향했다. 녹화가 진행되고 있기에 한산한 복도를 혼자 지난 건이 빈 대기실의 문을 열었다.

대기실 안에 설치된 대형 TV 속에서 신들린 듯한 연주하는 시즈카를 본 건이 빙긋 웃은 후 냉장고에서 음료수를 꺼냈다.

소파에 앉아 캔을 따고 한 모금 마신 건이 TV 속 시즈카를 보다가 눈을 감았다.

'내 스스로와의 약속, 학교를 마치겠다는 그 약속. 꼭 지켜야 해.'

그랬다. 건 역시 무대에 목마른 한 명의 뮤지션이었다. 일본까지 와서 1절만 부르고 내려오는 무대가 만족스러울 리 없었지만, 이 무대는 시즈카의 무대였고, 건의 무대가 아니었다. 건이 반쯤 마신 캔을 내려다보며 생각에 잠겼다.

'앞으로 1년 반. 그 후에 나도 저런 무대에서 나만의 무대를 가지는 뮤지션이 되겠지? 남의 무대에 선 조연이 아닌 주연의

모습으로 말이야.'

건이 남은 음료수를 한 번에 마신 후 캔을 구겼다.

대형 TV에서 무대를 마친 시즈카가 환호하는 팬들을 향해 활짝 웃으며 손을 흔들고 있는 모습이 보였다.

잠시 입맛을 다신 건이 농구 슛 포즈로 쓰레기통에 캔을 던졌지만, 쓰레기통 옆을 맞고 튕겨 나가는 것을 보고는 씁쓸하게 웃으며 다시 캔을 주워 쓰레기통에 넣었다.

시즈카가 무대에서 내려오는 것을 본 건이 옷매무새를 다듬은 후 다시 무대 뒤편으로 향했다.

상기된 모습으로 무대 뒤에서 병준과 하이파이브를 하던 시즈카를 본 건이 얼굴을 몇 번 때린 후 활짝 웃으며 다가갔다.

건이 다가오는 것을 본 시즈카가 활짝 웃으며 양팔을 높이 들었다.

"케이! 고마워요, 케이 덕분이에요!"

시즈카와 양 손으로 하이파이브를 한 건이 피식 웃었다.

"그게 왜 내 덕이야, 시즈카가 잘해서지. 수고했어, 시즈카."

"저, 저 정말 이런 무대가 처음이라 긴장했었어요! 가슴이 너무 두근대서 아무것도 못 할 것 같아요!"

건이 미소를 지으며 시즈카의 어깨를 잡았다.

"행복했어?"

시즈카가 고개를 크게 끄덕이며 손을 가슴으로 끌어 모았다.

"네! 너무 행복했어요!"

"하하, 잘 됐다. 이제 대기실로 가자, 다음 녹화도 있는 것 같으니까."

"네! 그래요!"

걸음을 옮기면서도 자신의 첫 무대에 미련이 남는지 자꾸 뒤돌아보던 시즈카가 결국 걸음을 멈추고 말했다.

"머, 먼저 가세요! 저, 저는 여기 조금만 더 있다가 갈게요."

건이 그런 시즈카를 잠시 보다가 살짝 고개를 끄덕인 후 대기실로 향했다.

그런 건의 모습을 유심히 보며 팔짱을 끼고 있던 병준이 깊은 눈으로 생각에 잠겼다.

'왜 저러는 거지? 평소 건이 답지 않은데……'

당장 따라가서 묻고 싶었지만 시즈카를 혼자 두고 갈 수 없었던 병준이 다른 뮤지션의 녹화가 시작되고 나서야 대기실로 왔다.

여전히 기분이 고조되어 있는 시즈카가 연신 헤헤거리며 핸드폰 카메라로 대기실의 모습을 찍기 시작했다. 클래식 뮤지션으로 여러 콩쿨에 출전한 경험이 있던 그녀였지만 연예인들이 사용하는 대기실은 신기했기 때문이다.

소파에 앉아 미소를 지으며 시즈카를 보고 있는 건의 모습을 심각한 얼굴로 보던 병준이 맞은편에 앉으며 말했다.

"컨디션 안 좋아?"

건이 미소를 지우지 않은 채 시즈카에게 시선을 주며 말했다.

"아니요? 왜요?"

병준이 건의 얼굴을 뚫어지게 보자 건이 이상함을 느끼고 고개를 갸웃했다.

"왜요, 형?"

병준이 시즈카에게 고개를 돌리며 말했다.

"시즈카, 아까 화장실 가고 싶다고 하지 않았어? 지금 다녀와."

시즈카가 무슨 말이냐는 듯 병준을 보다가 그의 표정이 심각한 것을 보고 머뭇거리며 대기실 밖으로 걸음을 옮겼다.

"네? 아…… 네, 다, 다녀올게요."

대기실 문이 완전히 닫히는 것을 확인한 병준이 건을 아래위로 보았다.

"내가 너 하루 이틀 봐? 무슨 일이야, 말해 봐. 고민이 있다면 들어줄 거고, 문제가 있다면 형이 다 해결해 줄 테니까."

건이 미소를 지우지 않고 어깨를 으쓱했다.

"뭐가요, 형? 아무 문제 없다니까요."

병준이 건을 째려보며 눈썹을 꿈틀했다.

뭔가 말하려고 계속 입을 움찔거리던 병준이 건의 웃음을 보다가 한숨을 쉬었다.

"그래, 나한테 말하고 싶지 않은 일이 있을 수도 있겠지. 언젠가는 말해줬으면 좋겠다."

약간 실망한 것 같은 병준의 기색에 건이 피식 웃으며 말했다.

"형한테 말 못 할 것은 없어요. 문제라고 할 것은 없는 일이라 그런 거예요."

병준이 이때다 싶었는지 몸을 바짝 앞으로 숙이며 귀를 내밀었다.

"뭔데? 뭔데? 말해봐. 이 형이 다 들어줄게. 난 시즈카 매니저이기 전에 네 매니저라고!"

병준의 모습에 웃음을 지은 건이 몸을 뒤로 젖혀 소파에 등을 깊숙하게 묻었다.

"음…… 아무것도 모르는 고등학교 때 섰던 첫 무대는 중국에서의 무대였죠. 드라마 OST를 불렀던 그때 말이에요. 그리고 록 밴드의 기타리스트로 세계 투어도 다녀왔고, 다른 뮤지션들의 음악을 만들고 뮤직비디오에도 출연했어요. 물론 그중에는 제 뮤직비디오도 있었죠. 그리고 1억 명이 지켜보는 오페라 공연도 했죠."

병준이 가만히 건의 말을 들으며 턱을 쓸었다.

"음…… 대단했지. 거기다 네팔에서의 사건도 있었고 말이야. 학생 신분에 너 같은 파급력을 가진 스타는 단연코 없다고 말할 수 있어."

건이 싱긋 웃으며 일어났다. 잠시 대기실을 둘러보다가 대형 TV에 보이는 이름 모를 일본 뮤지션의 녹화방송을 본 건이 말했다.

"학교를 졸업하기 전까지 본격적인 활동을 하지 않을 거라고 말씀드렸던 것 기억하시죠, 형?"

병준이 살짝 고개를 끄덕였다.

"그랬지, 영석 PD랑 약속이었다며."

"아니요, 저 자신과의 약속이었어요."

"음…… 뭐 어쨌건, 그래서?"

건이 대형 TV에서 시선을 돌려 병준을 보며 웃었다.

"그냥…… 오늘 시즈카의 무대를 보고 나니 나도 나만의 무대를 가지고 싶다고 잠시 생각한 것뿐이에요. 아쉬운 마음이랄까? 좀 복잡해요, 학교를 졸업하겠다는 마음은 변하지 않았지만 조금 조바심도 나게 되었다고 할까요?"

병준이 깊은 눈으로 건을 한참 바라보다가 일어나 건의 어깨를 잡고 히죽 웃었다.

"짜식! 순둥이같이 남 도울 줄만 알고 실속은 못 챙기는 놈이라 걱정했는데, 역시 음악과 무대에 대한 욕심은 있었구나."

병준이 어깨를 잡았던 손으로 어깨동무하곤 TV에 나오는 뮤지션들을 보며 말했다.

"걱정 마라. 네가 날개를 펴는 날. 그때 네게 최고의 무대를 선물할 테니까. 린 이사님과 내가 전력을 다해 보조해 줄게.
난 누구보다 네 매니저니까."

어깨동무를 한 두 남자가 잠시 서로를 바라보며 미소를 지었다.

♪♫♪

대기실 밖을 서성거리던 시즈카는 건에게 무슨 일이 생긴
것은 아닌지 걱정되어 조마조마한 표정으로 발을 동동 굴렀다.

화장실에 가고 싶지 않았지만, 괜히 화장실까지 가서 손을
씻고 온 시즈카가 대기실 안으로 들어가지도 못하고 복도를
오가며 불안한 표정을 지었다.

'뭐지, 뭘까? 케이와 매니저님 사이에 무슨 일이라도 있었던
거야? 무대가 진행되는 동안 싸우기라도 한 걸까? 난 그것도
모르고 혼자 좋아서 날뛴 거고? 하앙, 어쩌지?'

혼자 상상의 나래를 펼치고 장편 막장 소설을 써 내려 가고
있던 시즈카가 대기실 문을 열고 어깨동무를 한 채 웃으며 나
오는 두 사람을 보고는 얼빠진 표정을 지었다.

병준이 건의 어깨를 두드려주다가 바보 같은 표정을 짓고
있는 시즈카를 보며 말했다.

"뭐야, 왔으면 들어오지 왜 밖에 있어?"

시즈카가 건의 표정을 살피며 말했다.

"아…… 바, 방금 왔어요."

"아, 그래? 그럼 일 다 봤으니 가자. 케이는 바로 공항으로 가야 하니까 인사하고."

시즈카가 놀란 표정으로 병준과 건을 번갈아 보다가 울상을 지으며 건의 옷깃을 잡았다.

"왜요! 왜요! 어디 가요? 제가 뭐 잘못했나요? 제가 잘못한 것이 있다면 말해주세요! 사과할게요!"

눈물을 글썽이며 건의 옷깃을 잡아끄는 시즈카를 본 병준이 어이없는 눈으로 시즈카의 손목을 잡았다.

"뭐라고 하는 거야? 얘 일본에 온 것 밝혀지면 난리 나는 거 몰라? 그럼 출국도 쉽지 않다고. 음악 방송 끝났으니 빨리 보내는 거야. 넌 스케줄이 남았으니 나랑 더 있는 거고. 얘 왜 이래?"

병준이 시즈카를 가리키며 건을 보자 건이 어깨를 으쓱했다. 병준이 손목을 잡고 있었지만, 아직 건의 옷깃을 쥐고 있는 시즈카를 본 건이 조용히 그녀의 어깨에 손을 올렸다.

"시즈카, 남은 스케줄 잘하고 돌아와. 먼저 가 있을게."

시즈카가 병준의 설명을 들었음에도 마음이 진정되지 않는지 눈물을 글썽였다.

잠시 고개를 숙이고 있던 시즈카가 건의 옷깃을 놓으며 머뭇머뭇 말했다.

"지, 진짜 아무 일 없는 거죠?"

건이 미소를 지으며 그녀의 어깨를 두드렸다.

"그럼, 아무 일도 없어. 첫 무대 축하해, 시즈카."

"고…… 고맙습니다……."

지이잉, 지이잉.

병준이 품에서 울리는 진동을 느끼고 액정을 들여다본 후 건과 시즈카에게 검지를 입에 대 보인 후 말했다.

"린 이사님이다. 잠깐만."

두 사람이 고개를 끄덕이자 전화를 받은 병준이 말했다.

"예, 이사님! 막 무대 끝나고 내려오는 길입니다."

통화를 이어가고 있는 병준을 보던 건이 옆에 서서 자신의 얼굴을 살피고 있는 시즈카를 보며 웃었다.

"진짜 아무 일 없었다니까, 눈치 좀 그만 봐."

시즈카가 키가 큰 건을 올려다보며 울상을 지었다.

"그런데 전 왜 이렇게 불안하죠?"

"하하, 오늘 시즈카의 첫 무대인데 기분이 좋아야지, 불안하면 어떡해. 내가 미안해지네."

"아! 아, 아니에요. 진짜 아무 일도 아니면 됐어요."

"하하, 축하해. 남은 일정은 뭐야?"

시즈카가 병준이 미리 전해준 스케줄표를 가방에서 꺼내 보여주며 읽었다.

"음...... 오늘 오후에 음악 잡지 인터뷰가 있고요, 저녁에 토크쇼가 있어요. 그리고 내일은 예능 방송 두 개를 해야 하고, 모레는 기자회견이 잡혀 있고, 그다음 날 아키타의 집으로 갈 예정이에요."

"음? 그럼 언제 와?"

"한...... 일주일쯤 뒤에 가요."

"그렇구나. 병준 형도 그때 같이 오는 거지?"

"네, 아마도요."

"알았어, 그럼 일주일 뒤에 보겠네. 그때까지 잘 지내고."

시즈카가 가방에 스케줄 표를 넣은 후 전화기를 꺼내 양손에 꼭 쥐고 머뭇거리며 말했다.

"저...... 케이."

"응?"

"저...... 저기......"

"뭐야, 뭔데 그래. 말해 괜찮아."

시즈카가 뭔가 결심한 듯 눈을 꼭 감은 후 조금 큰 소리로 말했다.

"저, 저, 전화! 저, 전화해도 되나요?"

건이 시즈카의 행동에 잠깐 놀랐다가 피식 웃으며 말했다.

"그게 뭐 대단한 거라고 그렇게 어렵게 말해? 친구끼리 전화 통화하는 게 뭐 어렵다고. 언제든 해."

시즈카가 실눈을 뜨고 건의 표정을 살피며 배시시 웃었다.

"헤헤……. 저, 정말 해도 돼요?"

"후후 그럼, 얼마든지."

"헤헤, 고마워요."

"고마울 것도 많다 참, 하하."

"예?"

대화를 하던 두 사람이 병준의 고함 소리가 터져 나오는 바람에 함께 고개를 돌렸다.

두 사람의 눈에 놀란 눈으로 통화하는 병준이 들어왔다.

"예? 정말입니까, 이사님?"

"아…… 예, 예. 아, 알겠습니다. 그럼 바로 그쪽으로 갈 수 있도록 기장과 이야기해 두겠습니다. 예, 예. 알겠습니다. 그럼 나중에 또 전화 드리겠습니다, 이사님. 네, 네!"

전화를 끊은 병준이 멍하니 통화가 종료된 전화의 액정을 보다가 고개를 들어 건을 보았다. 건이 병준의 행동이 의아한 듯 고개를 갸웃하며 물었다.

"왜요? 무슨 일 있어요?"

병준이 잠시 전화기와 건을 번갈아 보다가 말했다.

"음…… 건아, 키스카를 보는 것은 조금 미뤄야겠다."

"네? 키스카 모레 돌아올 텐데 저 없으면 난리 피울 텐데요. 그런데 무슨 일이길래 그래요?"

병준이 시즈카와 건을 번갈아 본 후 말했다.

"너…… 백악관에서 오래."

시즈카가 화들짝 놀라며 건을 보자 건도 놀랐는지 물었다.

"네? 백악관요?"

병준이 고개를 끄덕이며 말했다.

"해럴드 윈스턴 대통령의 식사 초대야. 린 이사님이 여기서 바로 워싱턴 D.C로 가라고 하신다. 거기 가면 대통령 경호원들이 마중 나와 있을 거라고 말이야."

건이 입술을 삐죽이며 핸드폰을 보았다.

"키스카한테 늦게 가면 안 되는데……."

병준이 황당한 얼굴로 삿대질했다.

"뭐라는 거야, 이놈아. 지금 키스카가 문제야? 미국 대통령 해럴드 윈스턴이 식사 초대를 했다니까? 무슨 말인지 몰라?"

시즈카 역시 크게 고개를 끄덕이며 부러운 눈으로 말했다.

"조, 좋겠어요! 나는 언제 그런 사람들의 초대를 받아볼 수 있을까요……."

건이 주머니에 전화기를 넣은 후 말했다.

"뭐…… 좋은 아저씨였으니까 만나는 건 좋은데 가급적이면 키스카보다 일찍 집에 갔으면 좋겠어요."

병준이 어이없는 눈빛으로 입을 떡 벌렸다.

"이…… 이놈아. 미국 대통령이라니까? 그, 그것도 백악관으로 와달래, 정중하게 부탁했대, 명령조도 아니고 혹시 시간이 되면 와줄 수 있냐고 의사를 물어봤대, 대통령 비서실장이란 사람이 린 이사님께 지, 직접 전화를 했다니까?"

건이 피식 웃으며 말했다.

"나한테 직접 전화해도 되는데, 전화번호도 알면서……."

시즈카가 눈을 크게 뜨며 물었다.

"미, 미, 미국 대통령이 케, 케이의 전화 버, 번호를 안다고요?"

건이 빙긋 웃으며 말했다.

"나도 대통령님 전화번호 알아. 네팔에서 만났을 때 받았어."

병준이 건이 전화기를 넣은 주머니를 빤히 보며 물었다.

"대통령 집무실 직통 전화번호를 안다고?"

건이 고개를 저으며 말했다.

"아뇨, 대통령님 개인 핸드폰이요."

"뭐……?"

"지난번에 주고 갔어요."

"……."

두 사람이 말을 잊고 자신을 보고만 있자 건이 피식 웃으며 말했다.

"여하튼 갈게요. 식사 약속이니 이틀이나 잡아두진 않겠죠.

그럼 미국에서 봐요, 형. 시즈카 나 갈게."

건이 뒤돌아서서 복도를 걷기 시작하자 멍하게 그를 보고 있던 병준이 한참 만에 정신을 차리고 건을 쫓아갔다.

"야, 기다려! 같은 차로 갈 거야! 공항까지 데려다줄게!"

병준과 시즈카는 차로 공항까지 이동 중에도 건의 얼굴을 빤히 보고 있었다.

핸드폰으로 그레고리가 전송해 준 키스카의 사진을 보고만 있는 건이 풍선을 들고 즐겁게 웃고 있는 키스카의 모습을 보고 웃음을 지었다.

공항에 도착해 아직도 넋을 놓은 두 사람과 작별 인사를 한 건이 전용기에 올랐고 건은 두 번째 일본 방문을 마쳤다.

♪♫♪

장시간의 비행 끝에 약간 피곤한 모습으로 워싱턴 공항에 모습을 드러낸 건의 눈에 검은 정장을 입은 무리로 인해 통제되고 있는 공항의 모습이 들어왔다.

무슨 일이 있는가 싶어 모여든 사람들이 잔뜩 몰려 있었고 그런 사람들을 통제하던 선글라스를 낀 건장한 백인이 얼굴을 가린 건을 보자마자 한 번에 알아보고 다가와 정중한 어투로 말했다.

"장시간 비행에 힘이 드실 텐데 초대에 응해주셔서 대단히 감사합니다, 케이."

건이 모자 안으로 손가락을 넣어 머리를 긁은 후 말했다.

"아니에요, 괜찮아요."

백인 남자가 선글라스 뒤에 숨겼던 눈을 드러내며 말했다.

"저는 대통령 경호실의 그레이엄 하워드입니다. 반갑습니다."

"아, 미스터 하워드. 반갑습니다."

그레이엄이 한쪽 팔을 정중히 내밀며 말했다.

"수석비서관님이 직접 오셨습니다. 밖의 차에서 기다리고 계시니 가시지요."

바쁜 수석비서관이 직접 자신을 데리러 왔다는 것에 살짝 놀란 건이 물었다.

"네? 아…… 그러죠."

그레이엄의 안내를 받아 공항을 나온 건이 경호원들이 만들어둔 길을 따라 거대한 캐딜락 에스컬레이드 차량의 문을 열자, 안에 있던 깔끔하게 빗어 내린 금발 머리에 금테 안경을 쓴 남자가 사무적인 표정으로 말했다.

"어서 오세요, 케이."

"아, 예. 반갑습니다."

건이 올라타자 손을 내민 수석비서관이 말했다.

"매트 베슬러입니다."

"아, 케이입니다."

악수를 한 건이 차 문을 닫자 매트가 운전수를 보며 말했다.

"출발하세요."

"네, 비서관님. 백악관으로 이동하겠습니다."

차가 천천히 출발하자 앞뒤로 수많은 캐딜락 CTS가 함께 움직였다. 언뜻 봐도 오십 명이 넘는 경호원들이 차를 타고 따라붙는 것을 보던 건에게 매트가 말했다.

"갑작스러운 초대에 응해주셔서 감사합니다. 일본에서 오늘 돌아오신다는 것을 듣고 이왕 비행하시는 김에 들렀다가 가시는 것이 편하실 듯해서 약속을 잡았습니다."

"아, 네. 그런데 무슨 일이 있는 건가요?"

"별일 아닙니다. 아마도 대통령님께서 개인적인 부탁을 하실 것 같습니다만, 별일 아닌 것으로 알고 있습니다. 도착해서 직접 들으시죠."

"음, 네 알겠습니다."

어색한 침묵이 흐르고 왠지 모르지만, 자신에게 좋은 감정을 가지고 있지 않은 것 같은 매트 덕에 그저 창밖만 바라보고 있던 건의 눈에 웅장한 백악관의 모습이 들어왔다.

입구에서 잠시 검문을 받은 후 백악관에 진입한 건이 차에서 내리자 매트가 따라붙으며 말했다.

"대통령님께서는 집무실에 계십니다. 식당으로 가서 기다리

시면 됩니다. 미스터 하워드? 케이를 식당으로 안내해 주세요."

그레이엄이 재빨리 다가와 한쪽 팔을 내밀며 말했다.

"네, 이쪽입니다."

"아, 감사합니다."

그레이엄의 안내를 받아 간 백악관 내의 식당은 엄청난 크기를 가졌을 것이라는 건의 예상과는 다르게 6인용 엔틱 식탁이 있는 작은 방이었다.

벽에는 여러 그림이 걸려 있고, 큰 창문에 붉은 커튼이 드리워져 있는 따뜻한 가정집의 부엌 같은 분위기였다.

혼자 자리에 앉아 해럴드 윈스턴을 기다리던 건이 문밖에서 들려오는 발걸음 소리에 자리에서 일어났다.

곧 문이 열리고 회색 정장을 깔끔하게 차려입은 해럴드 윈스턴이 만면에 웃음을 띠고 빠른 걸음으로 다가와 손을 내밀었다.

"케이! 오랜만이군요! 하하"

"안녕하세요, 대통령님."

"하하하, 앉으세요, 배고프죠?"

"하하, 괜찮습니다."

"괜찮기는요! 식사 시간이 지났는데. 여기 식사 내줘요!"

◈ 6장 ◈
대통령의 막내아들(1)

헤럴드 윈스턴이 서빙된 음식 중 샐러드에 포크를 찍으며 싱긋 웃었다.

"그래, 일본에서의 활동은 어땠습니까?"

건이 멋들어진 와인잔에 따라둔 물을 마시며 미소를 지었다.

"걱정해 주신 덕분에 잘 하고 왔어요."

"시즈카 미야와키 양의 활동이었죠?"

"아, 대통령님도 아시는군요, 맞아요. 시즈카의 활동이었어요. 의외네요, 연예계에 관심이 많으신가 봐요."

"하하! 케이와 연관된 것은 뭐가 되었든 알고 싶습니다. 시즈카 양의 경우에는 굳이 케이와 연관되지 않았다고 했더라도 관심이 갔을 것 같긴 하군요. 워낙 미인에다 아름다운 피아노

선율을 들려줄 수 있는 아가씨이니까요. 와이프가 어찌나 좋아하는지 매일같이 그분의 음악을 끼고 살더군요."

"그렇군요, 후후. 영부인께서 음악을 좋아하시나 봐요."

헤럴드 윈스턴이 샐러드 안에 있던 딸기 하나를 포크로 찍어 들어 올렸다.

"제 아내는 뉴잉글랜드 음악원에서 첼로를 전공했었습니다. 그래서인지 항상 음악과 함께 살고 있지요."

건이 살짝 놀란 눈으로 말했다.

"아, 영부인께서 음대를 나오셨군요? 뉴잉글랜드 음악원이면 메사추시츠에 있는 학교 말씀이시죠? 루치아나 수자나 션 캘러리가 다녔던 명문 학교로 알고 있는데, 실력이 대단하셨나 봐요."

헤럴드 윈스턴이 새빨간 딸기를 찍은 포크를 빙글빙글 돌렸다.

"처음 그녀를 본 것은 제가 하버드 정치외교학과에 다니고 있을 때였습니다. MIT에 다니던 친구에게 부탁했던 자료를 받으러 방문했다가 우연히 길을 지나고 있던 와이프를 보았죠. 그때 그녀는 이 딸기처럼 싱싱한 웃음을 가진 여자였습니다. 한눈에 반했고, 대학원 시절에 청혼해서 결혼하게 되었죠."

건이 고개를 끄덕이자 헤럴드 윈스턴이 말을 이었다.

"그녀와 세 명의 아들을 낳았습니다. 첫째 아들인 존은 현재 하원의원으로 일하고 있습니다. 둘째인 버니는 시애틀 그레이스 메디컬 병원에서 외과 과장을 하고 있지요. 그리고 막내는…… 크흠."

갑자기 말을 멈추고 헛기침을 하며 머뭇거리는 헤럴드 윈스턴을 본 건이 조용히 포크를 내려놓으며 말했다.

"막내는요? 설마 하원의원과 외과 과장보다 못한 직업을 가지고 있어서 말씀 못 하시는 것은 아니지요?"

헤럴드 윈스턴은 건이 실망한 듯한 눈빛을 보내자 당황해서 손사래를 쳤다.

"아, 아닙니다! 그런 뜻이 아니라…… 막내는 오벨린 칼리지에서 콘트라베이스를 전공하고 있습니다."

건이 의아한 표정을 지으며 마음속으로 계산해 본 후 물었다.

"아들인데, 아직 학생이라고요? 첫째 아드님이 하원의원이시면 꽤 연세가 있으실 텐데요."

헤럴드 윈스턴이 고개를 살짝 끄덕이며 결국 먹지 못한 딸기를 접시 위에 놓으며 말했다.

"맞습니다. 늦은 나이에 낳은 막내아들입니다. 엄마를 닮았는지 공부보다는 음악 쪽에 관심이 많아 음대로 진학했죠."

"음…… 그렇군요. 오벨린 칼리지도 명문 학교죠. 아들 셋이 모두 반짝반짝 빛나고 있으니 좋으시겠어요."

"으음…… 큼."

인상을 찌푸리며 헛기침을 하는 헤럴드 윈스턴을 본 건이 물었다.

"무슨 문제라도 있나요?"

헤럴드 윈스턴이 한 손으로 턱을 괴며 한숨을 쉬었다.

"휴, 아마도 그 녀석은 와이프와 나를 절반씩 닮았나 봅니다. 네팔에서 말한 적 있죠? 소싯적에 밴드 활동을 한 적이 있다고 말입니다. 그때는 저도 기타에 미쳐 있었죠. 아무것도 보이지 않고 기타의 현과 그것이 내는 소리에만 정신이 팔렸던 적이 있었습니다."

건이 헤럴드 윈스턴을 물끄러미 보고 있자, 그가 말을 이었다.

"콘트라베이스를 전공하던 녀석이 어느 날 갑자기 록 밴드를 하겠다고 일렉 베이스기타를 사서는 밴드 멤버들을 모집하고 다닌다고 합니다. 사실 이 일이 발생한 시점은 약 5개월 전이라고 합니다만, 제가 화를 낼까 봐 와이프가 제게 말을 안 했다고 하네요. 알았을 때는 이미 그 녀석이 자퇴를 한 후였고요."

건이 입술을 살짝 내밀며 고개를 끄덕였다.

"놀라셨겠군요. 그래서 지금은 록 밴드를 하고 있나요?"

헤럴드 윈스턴이 깊은 한숨을 쉬었다.

"휴…… 아닙니다. 여기저기 알아보며 멤버를 구하고는 있나

본데, 쓸데없이 눈만 높아서는 자기 눈에 차는 멤버가 없어서 매일 클럽을 돌아다니며 멤버를 찾고 있다고 하네요. 3개월이 넘는 시간 동안 멤버들을 찾고 있지만 클럽에서 공연하는 인디 밴드들의 실력으로는 그 녀석 눈높이에 차지 않나 봅니다."

건이 피식 웃으며 말했다.

"아드님 실력은 좋은가 보군요?"

헤럴드 윈스턴이 살짝 미소를 지으며 말했다.

"콘트라베이스를 할 시절에는 오벨린의 교수들도 극찬할 수준의 실력을 가지고 있었지요. 사실 일렉 베이스를 연주하는 것은 저도 멀리서 숨어서만 봐서 실력은 모르겠습니다."

"음. 그렇군요. 다른 악기이지만 같은 음계의 베이스를 가지고 있으니 재능은 충분할 거예요. 너무 걱정 마시고, 아들을 믿어주시는 게 어떨까요?"

헤럴드 윈스턴이 진중한 표정으로 건을 한참 보다가 어렵게 입을 뗐다.

"음…… 케이, 바쁜 당신에게 실례가 될 것을 무릅쓰고 부탁 하나만 드려도 될까요?"

"네, 뭔가요?"

헤럴드 윈스턴이 고민스러운 표정을 지으며 한참을 머뭇거리자 따뜻한 미소를 보이며 그를 안심시킨 건이 말했다.

"괜찮아요, 편하게 말씀하세요. 저도 제 사정이 안 되는 부탁이라면 거절해야 하니까요, 하하"

헤럴드 윈스턴이 건의 미소를 보고도 조금 더 머뭇거리다가 말했다.

"케이는 학생 신분이지만 이미 세계적인 뮤지션이고 다양한 장르의 뮤지션들과 인맥도 있는 것으로 알고 있습니다. 혹시 실례가 안 된다면 내 아들이 한 걸음 더 나아갈 수 있도록 밴드 멤버를 추천해 주실 수 없을까요?"

사실 건은 속으로 자신의 아들을 가르쳐 달라는 부탁을 할 것이라고 예상했지만 그와 다른 부탁을 하는 헤럴드 윈스턴을 보며 살짝 놀랐다.

하지만 이내 아들을 생각하는 아버지의 넓은 마음을 눈치챈 건이 활짝 웃었다.

"역시 대통령님은 좋은 분이셨네요."

헤럴드 윈스턴이 그답지 않게 얼빠진 표정을 지었다.

"예?"

건이 짙은 미소를 지으며 입가를 닦았다.

"실은 부탁을 하신다고 하길래 속으로 두 가지 예상을 했었어요. 첫 번째는 막내아들을 가르쳐 달라는 부탁일 것이라는 예상, 두 번째는 아들을 설득해 다시 콘트라베이스를 하게 해 달라는 부탁일 거라고 생각했죠. 하지만 대통령님은 아들이 가는 방향의 옳고 그름을 섣불리 판단하지 않으시는 분이군요. 그저 아들이 택한 길에 도움을 주고 싶은 마음이셨네요. 다행이에요."

헤럴드 윈스턴이 조금 쑥스러운 표정을 지으며 어색하게 웃었다.

"그렇게 거창한 마음은 아닙니다만."

"대단하신 거예요. 아들이 잘못된 길을 간다고 속단하고 소리부터 지르고 보는 부모가 태반이니까요. 아들을 믿어주시는 것만으로 충분히 멋진 아버지세요."

"하하. 뭐…… 좋게 봐주시니 감사합니다."

건이 팔짱을 끼고 잠시 생각을 해본 후 말했다.

"유명 뮤지션들과 일하기는 어려울 겁니다. 학생이거나, 아직 젊은 뮤지션 중 실력 있는 사람을 찾아봐야겠네요. 하지만 그전에 막내아들의 실력부터 봐야 저도 소개해 주는 분들께 할 말이 있겠죠. 실력이 비슷해야 서로가 만족할 테니까요."

헤럴드 윈스턴이 테이블을 집게손가락으로 톡톡 치며 고개를 끄덕였다.

"당연한 말씀입니다."

건이 잠시 햇살이 들어오는 창밖으로 시선을 준 후 말했다.

"아직 밴드를 구하지 않았다면 자연스럽게 실력을 보는 것은 힘들겠네요."

"아, 아닙니다. 볼 수 있습니다."

건이 고개를 갸웃했다.

"따로 연습을 하는 장소가 있는 것인가요?"

헤럴드 윈스턴이 식탁 옆자리에 숨겨 두었던 노란색 서류 봉투를 꺼내 사진 몇 장을 꺼냈다. 사진 속에는 금발의 호남형 남자가 거리에서 버스킹을 하고 있는 그림이 담겨 있었다.

건이 사진을 보며 의아한 눈빛을 보내자 헤럴드 윈스턴이 집게손가락으로 관자놀이 근처를 긁으며 말했다.

"에…… 사진이 이래서 죄송합니다. 몰래 찍은 것이라 마치 감시 대상의 사진 같아 보이네요. 제가 직접 가서 찍은 것이니 오해는 마세요."

건이 살짝 고개를 끄덕이자 헤럴드 윈스턴이 사진 한 장을 들어 보이며 말했다.

"이 녀석은 매일 오후 4시쯤이면 시애틀 케리파크 입구 근처에서 혼자 버스킹을 합니다. 앰프에 연결한 휴대폰으로 기타와 드럼을 재생하고 베이스를 연주하고 있더군요. 따로 알아보니 주말을 제외하고는 늘 그 시간에 거기에 있다고 하니 자연스럽게 보실 수는 있을 겁니다."

건이 헤럴드 윈스턴이 들고 있는 사진을 받아 자세히 보았다.

단발머리에 가까운 금발에 가운데 가르마를 타고 구레나룻부터 턱과 코밑까지 수염이 덥수룩한 남자였지만 아버지를 닮아 꽤나 미남인 남자가 발에 탬버린을 묶어 구르며 눈을 감고 베이스 기타를 치고 있었다. 꽤 키가 큰지 긴 다리를 가진 남자였지만 패션 감각이 없는지 헐렁한 티셔츠에 오버핏 점퍼, 디스트로이드 진이 서로 색 배치가 어울리지 않아 어색했다.

건이 사진을 자세히 보며 물었다.

"이름이 뭐죠?"

"케빈입니다. 케빈 윈스턴. 케이보다 한 살이 어리죠."

"저보다 어리다고요? 수염이……."

"하하, 저를 닮아서 수염이 좀 많습니다. 저는 매일 두 번씩 면도를 해야 할 만큼 수염이 많거든요."

"아…… 그렇군요."

헤럴드 윈스턴이 사진을 뚫어지게 보고 있는 건의 눈치를 보며 물었다.

"저…… 부탁을 들어주실 수 있을까요? 아, 부담을 드리고자 함은 아니니까, 그저 알아봐 주시는 수준만 되어도 감사할 것입니다."

건이 사진을 내려놓으며 웃었다.

"별거 아닌데요, 뭐. 그렇게 할게요."

헤럴드 윈스턴의 얼굴이 확 밝아지며 입꼬리가 올라갔다.

"하하, 감사합니다. 별거 아니라니요, 바쁜 분인데 부탁을 드리는 것이 죄송할 뿐입니다."

"그런데 시애틀로 바로 갈 수는 없어요. 제가 일이 있어서 집을 좀 지켜야 하거든요. 가까운 시일 내에 다녀올게요."

헤럴드 윈스턴이 손사래를 치며 말했다.

"그럼요, 그럼요! 늦으셔도 상관없습니다. 조사해 보니 그 녀석이 자기 힘으로 자기 눈에 차는 밴드 멤버를 구하려면 다시 한번 빙하기가 올 때까지 기다려야 할 것 같으니까요, 허허. 그저 시간이 되실 때 부탁드립니다."

"네, 그럴게요."

"하하, 아이고, 이거 스테이크가 다 식었네요. 다시 데워 먹죠."

"아, 전 괜찮아요, 그냥 먹어도 돼요."

"허허, 그럼 저도 그냥 먹기로 하죠. 자, 어서 드세요."

기분이 좋아진 헤럴드 윈스턴이 연신 크게 웃음을 지으며 건과 유쾌한 식사를 나누고 있는 때 식당 문밖에 대기하고 있던 수석 비서관 매트 베슬러가 문 안쪽에서 들리는 즐거운 웃음소리를 듣고는 냉정한 표정으로 눈을 노려 보았다.

입술을 비틀며 어금니를 악문 매트가 중얼거렸다.

"아직 고의로 정치에 관여하려는 건 아닌 것 같으니 참지만 선을 지키는 게 좋을 거야. 네가 사랑하는 것들을 지키고 싶다면 말이지."

♪♪

레드 캐슬의 웅장하고 큰 문이 열리고 기관총을 뒤로 숨긴 조직원들이 문으로 들어서는 검은 리무진을 보며 살짝 목례를 한 후 날카로운 눈으로 주변을 관찰했다.

리무진이 문 안쪽으로 들어가자 뒤 따라오던 SUV 차량에서 미로슬라브가 뛰어내리며 문을 지키던 조직원에게 다급하게 물었다.

"케이는? 케이는 돌아왔나?"

조직원이 등에 숨겼던 기관총을 꺼내며 고개를 끄덕였다.

"어젯밤 늦게 돌아와 있습니다."

안도의 한숨을 쉰 미로슬라브가 다시 차를 타고 저택으로 향했다.

조수석에 앉아 분수대 앞에 막 주차하고 있는 검은 리무진을 보고 있는 미로슬라브의 눈에 차에서 뛰어내려 별채로 달려가고 있는 키스카의 모습이 들어왔다. 뒤늦게 차에서 내려 키스카의 작은 뒷모습을 보고 있던 그레고리가 미로슬라브가 차에서 내리는 것을 보며 피식 웃었다.

"디즈니랜드에 있었을 때는 나만 봤는데 말이야, 집에 오자마자 저렇게 뛰어가 버리는군."

미로슬라브가 그레고리의 옆에 서서 열심히 뛰어가고 있는 키스카의 뒷모습을 보며 말했다.

"그래도 정말 오랜만에 아가씨와 여행이셨지 않습니까, 보스도 아가씨도 즐거워 보여 기분이 좋았습니다."

그레고리가 트렁크에서 쇼핑백들을 내리고 있는 조직원들을 슬쩍 본 후 말했다.

"어이, 그 하얀색 쇼핑백은 별채로 가져다 두게. 키스카가 잊고 갔나 보군."

짐을 내리던 조직원 중 한 명이 재빨리 하얀색 쇼핑백을 챙겨 별채로 뛰어갔다.

아니나 다를까 한참 별채로 뛰어가던 키스카가 멈춰 서더니 뭔가 잊었다는 듯 다시 뒤돌아 뛰어오다가 쇼핑백을 들고 뛰어오는 조직원을 보고는 활짝 웃으며 손을 내밀었다.

조직원이 두 손으로 정중히 쇼핑백을 전해주자 예쁘게 웃어준 키스카가 조직원의 엉덩이를 팡팡 두들겼다.

소녀가 자신의 엉덩이를 두들겨 주자 어색한 웃음을 지으며 식은땀을 흘리는 조직원이었다.

자신의 몸만 한 쇼핑백을 들고 별채로 뛰어간 키스카가 숨도 고르지 않고 단숨에 별채 문을 벌컥 열었다.

텅 빈 거실을 본 키스카가 달려가 건과 병준의 방문을 차례로 열었지만 역시 빈방인 것을 확인하고는 큰 눈망울을 파르르 떨었다.

쇼핑백을 소파에 던지고 화장실과 부엌의 냉장고까지 다 열어가며 건을 찾던 키스카가 차츰 울먹이기 시작할 때쯤 별채의 뒷문이 열리며 건이 강아지 두 마리를 안고 들어왔다.

"아? 키스카! 잘 다녀왔어?"

건의 목소리에 고개를 휙 돌린 키스카가 금방이라도 눈물이 떨어질 듯 눈물이 가득 고인 눈을 황급히 닦은 후 활짝 웃으며 양팔을 벌리고 뛰어왔다. 다급히 강아지 두 마리를 선반 위에 올린 건이 달려드는 키스카를 안아서 번쩍 들며 웃었다.

"웃차! 우리 키스카, 며칠 사이에 좀 무거워졌는데? 키가 좀 큰 건가?"

키스카가 배시시 웃으며 건의 볼을 꼬집어 보다가 갑자기 생각난 듯 발을 버둥거렸다.

건이 키스카를 내려주자마자 소파로 뛰어가는 키스카를 본 건이 선반 위에 올려 둔 강아지 두 마리를 안고 소파로 다가왔다.

소파의 등받이에 숨어 선물 상자를 꺼내 등 뒤로 숨기고 있던 키스카는 건이 다가오자 화들짝 놀라며 눈을 동그랗게 떴다.

그 모습을 본 건이 카페트 위에 강아지를 내려놓으며 웃었다.

"이미 봐 버렸네? 어쩌지, 하하. 내 선물이야?"

키스카가 눈동자를 굴리며 어색하게 웃다가 이내 숨겼던 손을 내밀었다.

파란 선물 상자는 분홍색 리본으로 예쁜 장식이 달려 있었다. 키스카의 몸만 한 커다란 상자를 본 건이 양손으로 선물 상자를 받으며 무릎을 살짝 굽혔다.

"감사합니다, 공주님."

공주님 소리가 좋았는지 몸을 배배 꼬던 키스카가 쇼핑백을 뒤져 비슷한 크기의 상자를 하나 더 꺼내더니 병준의 방으로 뛰어들어가 침대 위에 던지고 밖으로 나왔다.

그 모습을 본 건이 웃으며 말했다.

"병준이 형 선물도 있어? 그런데 선물을 그렇게 던지면 어떡해, 키스카. 하하."

별문제가 아니라는 듯 반응도 하지 않은 키스카는 얼른 선물을 풀어보라는 듯 초롱초롱한 눈빛으로 건을 보았다. 소녀의 기대에 찬 표정을 본 건이 예쁜 분홍색 리본을 조심스럽게 풀었다.

"와아! 미키 마우스 티셔츠네? 무지 예쁘다!"

파란 상자 안에는 하얀색 바탕에 미키 마우스가 구부러진 지팡이를 들고 웃고 있는 그림이 프린트되어 있었다.

건이 티셔츠를 펼쳐 살피며 웃어주자 건이 기뻐하는 것에 만족한 키스카가 손으로 소파를 팡팡 치며 웃음 지었다.

"우리 키스카가 준 건데 바로 입어봐야지. 잠깐만 기다려, 갈아입고 올게."

건이 옷을 갈아입기 위해 방으로 들어가자 잠시 곰곰이 생각에 잠겼던 키스카가 바람처럼 달려 별채를 나섰다.

금방 상의를 갈아입고 나온 건이 빈 거실을 보며 고개를 갸웃했다.

"키스카? 어디 있어?"

키스카를 찾던 건이 별채 문을 열고 밖을 보자 본채로 뛰어가고 있는 키스카의 뒷모습이 보였다.

"뭐 잊어버리고 온 게 있는 건가?"

잠시 고개를 갸웃하던 건이 화장실로 가 거울에 비친 옷을 보며 핏을 보고 있는 중 별채 문이 열리는 소리가 나자 소리쳤다.

"키스카?"

화장실 쪽으로 다다다다 하는 발걸음 소리가 들리는 것을 들은 건이 웃으며 화장실 문을 열자 문 앞에 건과 똑같은 티셔츠를 입고 파란색 호박 바지를 입고 종아리까지 올라오는 양말에 아디다스 운동화를 신은 키스카가 브이를 그리며 웃고 있는 것이 보였다.

귀여운 키스카를 내려다보며 웃던 건이 키스카의 통통한 볼을 양손으로 잡으며 말했다.

"와아, 우리 키스카랑 나랑 커플티네? 하하, 고마워."

뭐가 그리 즐거운지 방긋 웃으며 한참 거실을 뛰어다니는 키스카를 보던 건이 소파에 앉으며 말했다.

"키스카, 내일 나랑 잠깐 외출하자."

어디를 가는지도 말하지 않았지만 더 기분이 좋아졌는지 온 거실을 뛰어다니며 양팔을 흔들던 키스카가 까르르 웃었다.

귀여운 소녀의 모습에서 눈을 떼지 못하던 건이 한참 키스카와 놀아주다가 소녀의 손을 잡고 시애틀 방문 허락을 받기 위해 그레고리의 방으로 향했다.

♪♫

다음 날.

오전 일찍 출발한다는 말을 들은 키스카가 아침부터 유모를 졸라 목욕을 하러 나갔다.

간단히 기타만 챙긴 후 두꺼운 코트와 목까지 올라오는 스웨터를 입고 별채를 나선 건의 눈에 유모의 손을 잡고 기다리고 있는 키스카가 들어왔다.

"어…… 키스카? 표정이 왜 그래?"

실망스러워하는 표정을 짓고 있던 키스카를 의아한 눈으로 보던 건의 눈에 소녀의 하얀색 코트 안에 보이는 미키 마우스 티셔츠가 들어오자 건이 어색한 웃음을 지었다.

"아…… 하하. 그, 그거. 잠깐만 기다려!"

건이 부리나케 미키 마우스 티셔츠를 입은 후 코트를 걸치고 밖으로 나오자 그제야 방긋 웃는 키스카였다.

식은땀을 흘리며 마주 웃어주고 있는 건에게 미로슬라브가 다가왔다.

"비행기 시간에 늦겠습니다. 어서 출발하시지요."

"네, 미로슬라브. 어서 가요."

To Be Continued

Wish Books

나는 돌놈이다

글쓰는기계 게임 판타지 장편소설
WISHBOOKS GAME FANTASY S

판타지 온라인의 투기장.
대장장이로 PVP 랭킹을 휩쓴 남자가 있다?

"아니, 어디서 이런 미친놈이 나타나서……."

랭킹 20위, 일대일 싸움 특화형 도적, 패배!

"항복!"

'바퀴벌레'라고 불릴 정도로
끈질긴 생명력을 가진 성기사조차 패배!

"판타지 온라인 2, 다음 달에 나온다고 했지?"

평범함을 거부하는 남자, 김태현!
그가 써내려가는 신개념 게임 정복기!

Bassoon.
Wish Books
우진 현대 판타지 장편소설
WISHBOOKS MODERN FANTASY STORY
espressivo.
다시 태어난
베토벤
leggiero.
ff arco.
Espressivo.
1827년 한 남자의 죽음으로 고전 시대가 저물었다.
그러나
그가 지핀 낭만의 불씨가 타오르니
비로소 새로운 시대가 열렸다.
긴 시간이 흘러 찬란했던 불꽃도 저물어 갈 즈음.
스스로 지핀 불씨를 지키기 위해
불멸의 천재가 다시 태어났다.
〈다시 태어난 베토벤〉
마치 운명이 문을 두드리듯
힘차게 손을 뻗어 외친다.
"아우아!"